BIOGRAFIA DE UM OLHO

IBRAHIM NASRALLAH

BIOGRAFIA DE UM OLHO

TRADUÇÃO **SAFA JUBRAN**

A vida em uma fotografia · 7
Um homem de Jerusalém · 12
O chamado do órgão · 17
A questão difícil · 20
Em busca da primeira fotografia · 28
A fotografia perdida · 32
Uma manhã diferente · 37
Sonata de outono · 41
Território do inimigo · 45
Em frente à Igreja da Natividade · 50
A ausência de quem regressa · 52
Império das Trevas · 57
Há sempre mais de um sol · 60
A pressa de um aflito · 65
Um retrato típico · 70
...e desceu receosa · 75
Águas pretas · 80
Ventos *post mortem* · 84
Novo batismo · 90
As conchas · 96
Celebrações incompletas · 101
Uma brisa de alegria · 106
Fonte do futuro... mar do passado · 112
Um coração a cavalgar · 119
O ignorante é inimigo de sua imagem · 123
As surpresas do reverendo Stevan · 129
A volta dos presentes · 133
Da água e do fogo · 137
A volta do fantasma · 143
O fotógrafo fantasma · 149
Todas as provas · 154
Agradecimentos · 161

A VIDA EM UMA FOTOGRAFIA

Mesmo tendo apenas seis anos quando morreu Najib, seu irmão mais novo, Karima insistia que se lembrava dele, de seus gritos e de sua agonia antes de morrer e das muitas cicatrizes que isso deixara em sua alma.

Não conseguia mais olhar no rosto das pessoas que amava, pois temia sofrer quando as perdesse.

O pequeno Najib, que era apenas dois anos mais novo que Karima, foi o melhor presente que a vida lhe deu, tornando-se um ser especial e só dela. Quando a morte o levou, sentiu que fora arrancado dela, não de qualquer outra pessoa, nem mesmo de sua mãe, cujo choro parecia mais baixinho do que os gritos calados que abalavam a alma de Karima, pois não encontrava para eles uma escapatória.

Uma única coisa, assim, de repente, lhe devolveu o que perdera: aquela fotografia da família na qual Najib está no colo da mãe.

Karima se lembrava de o fotógrafo lhe ter pedido que olhasse para a câmera, pois ela olhava para Najib, e de que, antes de atender ao pedido, ela esticou sua mão direita e segurou a mão esquerda de Najib, como se tivesse delegado à mão, em lugar do olho, a tarefa de se certificar de que Najib não sumiria de repente.

Mas ele sumiu.

Da mesma forma que a fotografia sumiu da casa depois que Karima a escondeu dos olhos de todos. Aquela fotografia que a mãe tanto procurou sem encontrar, até que enfim desistiu. O destino daquela fotografia continuaria desconhecido até Karima decidir retirá-la do esconderijo, por uma razão que não permitiria mais que ela ficasse oculta... até um dia sumir para sempre!

A tristeza de Karima não diminuiu. Ela não parou de ouvir os gritos de sua alma, até se apaixonar pelas fotografias, todas as fotografias. Contudo o que ela não compreendia era que, quando gostava muito de alguém, ficava satisfeita em olhar para a fotografia, e não para a pessoa diretamente.

Será que acreditava que, no fim, tudo o que resta são as fotografias?

Não saberia responder a uma pergunta como essa, pois seu pai, o pai que ela amava, o reverendo Said, continuava presente até mesmo depois de centenas de fotografias terem sido tiradas dele por seus amigos fotógrafos palestinos, armênios ou estrangeiros, que visitavam sua igreja, a Igreja Protestante Luterana da Natividade, em Belém, desde o fim do século XIX até o início do XX.

Karima não estava tranquila quanto à sua certeza nem quanto à sua dúvida.

Foram muitos os motivos que fizeram o reverendo Said acreditar que Karima se apaixonaria pelo órgão. Ambos tinham a mesma idade, já que o instrumento chegara da Alemanha ao porto de Haifa no ano em que Karima nasceu. Além disso, sua sensibilidade, delicadeza e constante contemplação de tudo o que via eram aspectos evidentes até para quem não enxergava.

Não havia vez que saíssem à rua, ou ao campo ou à montanha, fosse verão, inverno, outono ou primavera, sem que Karima ficasse para trás. Ela se detinha para escutar e observar ora um passarinho, ora um grilo, ou para cheirar as flores silvestres enquanto girava em torno delas como uma borboleta. Detinha-se para ver um muro, uma porta, uma janela. O pai a chamava três, quatro, cinco vezes enquanto ela continuava em outro mundo. Então o reverendo voltava, pegava-a pela mão, puxava-a e ela não parava de repetir uma frase, a única que conhecia: "Só mais um pouco, só mais um pouco!".

Said percebia que o coração e a alma de Karima estavam em outro lugar. Ela via mais do que escutava! Quando seus amigos fotógrafos, tanto os conhecidos como os de fora, iam visitá-lo, a única coisa que Karima fazia era fixar seu olhar nas câmeras, tocá-las quando não estavam olhando ou quando mergulhavam em longas conversas a respeito das condições do governo Otomano e do futuro incerto do país.

No início, Karima achava que todas as fotografias estavam dentro da câmera. Ficar à sua frente tinha uma única razão: fazer a câmera se lembrar da pessoa para que o fotógrafo pudesse, mais tarde, introduzir a mão e retirar, de onde estava guardada, a fotografia daquela pessoa! Essa suposição fazia com que ela fosse até o espelho, contemplasse sua imagem refletida e se perguntasse: "Nossa imagem no espelho é a real? Ou a verdadeira é aquela que está dentro da câmera?".

Estendia a mão, tocava o espelho, depois retraía a mão vazia, o que lhe dava a certeza de que a imagem da câmera era a verdadeira. Sua admiração pelas câmeras crescia toda vez que contemplava suas fotografias com os membros da família, as mesmas que o fotógrafo retirava de dentro da câmera para que todos pudessem ver! No entanto, uma pergunta ainda a intrigava: "Quem é mais bela, a pessoa ou sua fotografia?". Passava os dedos pelos rostos nas fotografias, mas não chegava a uma conclusão.

O reverendo Said riu naquela manhã, quando Karima lhe contou seus pensamentos. Ela, como sempre fazia, penteava a barba dele e arrumava seu bigode. Recusou-se a acreditar que existia um filme e disse: "Não! É o cérebro da câmera, que o fotógrafo pega, depois de ficarmos na frente de seu olho para que ela se lembre de nós; ele leva o cérebro para o quarto, fecha a porta para a gente não descobrir o segredo e, depois que ele retira de lá nossa fotografia, devolve o cérebro para a câmera". O reverendo riu de novo e disse:

— De onde você tira tanta imaginação?

— Não é imaginação! A câmera é como o órgão: você se senta e mexe os dedos, daí ele ouve a música que está em seu interior e tira de você a música; então você a escuta, ou não é assim que acontece?

— Acho que de alguma forma você está certa, mas por que não se senta e toca para ouvirmos um pouco da música que está dentro de você e que sai do órgão?

— Isso é difícil para mim.

— Por quê?

— Dentro de mim, só há fotografias.

— Mas você disse que as fotografias estão dentro da câmera, não foi?

— Sim, mas, quando olho para as coisas, sinto que sou uma câmera também.

— Acho melhor você ir brincar um pouco.

— Eu não consigo brincar lá fora, eu só fotografo.

— Está bem, senhorita, então vá e fotografe!

UM HOMEM DE JERUSALÉM

O reverendo tinha certeza de que encontraria o remédio para sua filha.
—Você quer uma igual a esta? — sussurrou-lhe, apontando para a câmera de seu amigo Yussef Albawarchi.

Ela olhou para o pai, notou que tal oferta nunca lhe passara pela cabeça, apesar do encanto que tinha pela máquina mágica. Era como se ele apontasse para o sol e dissesse: "Quer um igual?!".

Ela assentiu com a cabeça.

Tudo o que fez foi balançar a cabeça, e não ficou nada satisfeita consigo mesma. Como pode um abano de cabeça ser a resposta? Abanar a cabeça diante de uma oferta tão encantadora como essa.

O reverendo Said também nada pôde fazer além de balançar a cabeça! Karima compreendeu que conseguiu uma promessa, e isso aliviou a sensação de estupidez por ter hesitado em dar uma resposta precisa.

A promessa não foi cumprida com a rapidez que ela desejava, e por isso voltou a repreender a si mesma, e cada vez mais, sempre que pegava a fotografia da família e contemplava sua mão na mão de Najib, seu irmão.

O reverendo Said observou-a durante semanas, de perto e de longe, vendo a pergunta que tentava se desvencilhar dela e sair de seu corpo.
E enfim emergiu:
— O senhor não prometeu?
— Prometi o quê?
— Comprar uma câmera para mim.
—Você me ouviu prometer?
— Não, mas o senhor balançou a cabeça.
— Porque você tinha balançado a sua.
— O que eu deveria ter feito?
— Dito alguma coisa.
— Mas o senhor me entendeu.
— Não é o bastante. Você tem que aprender que, se deseja mesmo algo, deve ser mais ousada para consegui-lo.
Karima se calou.
— Eu precisava ter certeza de que você realmente queria o que pediu. Vou lhe dizer uma palavra que talvez seja grandiosa agora, mas você vai apreender seu significado... se não hoje, amanhã.
— Que palavra é essa?
— Paixão. Eu estava testando sua paixão, quer dizer, seu desejo interior, aquele que enche seu coração, seu apego forte e seu ardor pelo que pediu; até porque a câmera vai nos custar muito caro.

Naquela primavera, tudo estava sereno.
— Que tal irmos ao campo? — o reverendo sugeriu a ela.
— Mas a mamãe não está aqui e...
— Quero ir com você, só nós dois.
—Você e eu?!

Caminharam na grama tenra entre as flores silvestres de todas as cores. De repente, ele a mandou parar. Ela parou. Pediu a ela que fechasse os olhos. Ela os fechou de imediato. Tudo o que passou pela cabeça dela foi que, quando os abrisse, encontraria uma câmera à sua frente. Mas isso não aconteceu.

— Tenho certeza de que você merece a câmera que eu prometi. Sabe por quê?

— Porque tenho bons olhos, não é?

Seu coração bateu forte antes de ouvi-lo dizer:

— Isso é verdade, mas vamos ver se você tem um nariz tão bom quanto seus olhos!

Sem entender o que ele queria dizer, apertou bem forte os olhos fechados e disse: "Estou pronta!". Então sussurrou a si mesma: "Ele quer me testar para ver se eu mereço o sonho que tenho; tudo bem".

— Consegue saber que flor estou segurando, só pelo cheiro?

Ela cheirou a flor, aspirou forte, a ponto de a flor quase pular da mão do reverendo e aderir a suas narinas.

— Essa é fácil: camomila.

O tempo foi passando, ela saltava de olhos fechados atrás do pai, feliz com a brincadeira, ora acertando, ora errando, até que se deu conta de que tinha ficado de olhos fechados mais do que deveria e disse:

— Acho que já chega; tenho medo de ficar mais tempo de olhos fechados e perder a visão e as fotografias.

Um longo tempo se passou até que um homem de Jerusalém chegou carregando uma câmera bonita. Depois do almoço, ele saiu com o reverendo para a área elevada diante do portão da igreja, de onde tirou várias fotografias da planície que se estendia à frente, com algumas casas belas de pedra rosada.

Karima o observava de longe, sentindo inveja porque ele tinha uma câmera maravilhosa como aquela.

Quando acordou na manhã seguinte, viu o fotógrafo acenar para o pai, partindo em um carro que desprendia uma fumaça cinza, ao som de um motor rouco, e levantava muita, muita poeira.

Karima voltou para dentro, mas o pai ficou na frente da porta observando o carro desaparecer. Antes de se virar, escutou a menina gritar: "Ele esqueceu a câmera! Esqueceu a câmera!".

O reverendo olhou para a filha, agitada, e disse:

— Não faz mal, ele pega quando voltar, daqui a dois ou três meses.

— Como ele vai aguentar isso?

— O que você quer dizer?

— Ficar longe de sua câmera!

— Se ele voltar logo, isso significa que gosta da câmera. Ele tem um carro e ainda não está muito distante daqui.

De repente, ela não mais admirava tanto aquele fotógrafo e sentiu que ele não merecia a câmera que tinha.

Meia hora se passou e ele não voltou. Uma hora, duas, e o sol começou a se retirar, mas ela não tirou os olhos da câmera.

Na mesa de jantar, estavam todos reunidos, a família inteira: o pai, a mãe, Katarina, Mansur, Karim, Lídia, que ainda estava no colo da mãe, e Karima.

— Sou da opinião de que não devemos devolvê-la — disse o reverendo.

Karima não precisou perguntar do que ele estava falando; permaneceu calada.

— Eu adiei a decisão para que estivéssemos todos reunidos e para ouvir a opinião de vocês.

— Mas a câmera é dele! — disse Karima, incisiva.

— Não prometi uma câmera a você? Que seja esta, então.

— Mas eu quero uma câmera minha, não a câmera de outra pessoa.

— E quem disse que pertence a outra pessoa? — disse o reverendo, sorrindo.

— Quer dizer que ela não pertence a ele?!

— Isso mesmo, não pertence a ele, mas a uma pessoa que está nesta casa; uma pessoa amável, boa e que gosta de fotografar.

Naquele instante, Karima sentiu que girava e girava. E a coisa mais estranha que aconteceu foi que, quando parou de rodar, estava convencida de que tinha tirado centenas de fotografias.

O CHAMADO DO ÓRGÃO

O reverendo Said também tinha se apaixonado pelo órgão, assim que o ouviu pela primeira vez, no mês de fevereiro do último ano do século XIX.

Butcher, o presbítero da igreja em Belém, tinha convocado o reverendo Said para trabalhar com ele como pregador e lhe dava as boas-vindas. Mas o ouvido de Said estava em outro lugar, encantado com aquele som; nunca ouvira nada tão puro. O som profundo do instrumento lhe deu a impressão de que tocava sozinho, satisfeito consigo mesmo, sem precisar de mãos humanas.

Butcher notou o estado em que o reverendo Said se encontrava e se calou assim que percebeu que tudo o que tinha falado fora engolido pelas melodiosas notas do órgão. Deu dois passos até o banco mais próximo e se sentou para contemplar o enlevo que transportou o reverendo Said a um lugar que ninguém podia adivinhar, fascinado com aquelas notas mágicas, que, caso escapassem da igreja, seriam seguidas por ele até o nascedouro das melodias, que o reverendo Butcher não sabia onde ficava — talvez no próprio coração de Deus.

O órgão tinha que parar em algum momento e parou, mas o reverendo Said continuou a ouvi-lo, como se a música não tivesse acabado. Ouvia seu eco? Ou apenas tentava recuperá-la?

Um bom tempo se passou antes de o reverendo Said se levantar e, em vez de se dirigir até Butcher, caminhar como um sonâmbulo na direção do órgão. Butcher o observava. Então ele se sentou na frente do instrumento e mais uma vez as notas começaram a brotar, as mesmas notas que tinham acabado de ouvir. Mas havia algo de diferente na forma como o reverendo Said tocava; Butcher não sabia dizer o que era, apenas sentia que era diferente, melhor, mais belo, mais doce, mais puro e mais preciso. Tinha o toque de uma alma diferente.

Butcher se entregou ao mesmo estado em que o reverendo Said se encontrava. Chegou a se perguntar se deveria dizer algo a ele ou ainda não.

Um longo silêncio pairou depois que a música acabou; mas o reverendo Said não deixou o lugar, passou a ser parte do corpo do órgão.

Quando finalmente Butcher voltou a si, levantou-se, caminhou até o reverendo Said e pôs a mão em seu ombro; teve a sensação de que estava pondo a mão em uma emoção, que ele sentia sem realmente tocá-la.

— Já que vai pregar em Beit-Jala, não estará longe deste órgão. Você pode vir tocar, sempre que quiser.

Naquela noite, depois de ter jantado com o reverendo Said, Butcher acordou no meio da madrugada ao som do órgão. Foi a coisa mais estranha que lhe ocorreu desde sua chegada a Belém — na verdade, em toda a sua vida. Ele caminhou em direção à porta lateral da igreja e pôs a mão na maçaneta. Ficou apavorado. Teve certeza de que, se abrisse a porta, a música iria jorrar e arrastá-lo. Mas tinha que abrir a porta! Girou a maçaneta devagar e uma luz imensa cobriu tudo. Naquela noite de inverno do último ano do século XIX, o reverendo Butcher soube que a música era uma luz sem igual.

Ao longo dos seis anos que o reverendo Said passou em Beit--Jala, ele não deixou escapar uma oportunidade ou ocasião de tocar o órgão. Aquele órgão que veio, carregado por cavalos, de Jerusalém a Belém, em um dia de 1893, deparou com uma cidade populosa, cujo número de habitantes passava de quatro mil. No entanto, o instrumento ainda não havia encontrado aqueles dedos ligados a uma alma profunda, capaz de extrair de suas entranhas as notas mais belas, mais delicadas e mais fortes.

O reverendo Said recordava sempre que, naquele mesmo ano, Karima nasceu. Quando alguém lhe perguntava sobre a idade de seus filhos, ele dizia: Katarina nasceu um ano antes da chegada do órgão da igreja a Jerusalém; Karima teve a sorte de nascer no mesmo ano. Najib nasceu dois anos depois; mal tínhamos cantado para ele o hino "Senhor, uma criança chegou", já cantávamos em seu funeral "Fica comigo, meu filho". Ele morreu ainda criança. Quatro anos depois da chegada do órgão, Deus nos deu Karim. Dez anos mais tarde, Mansur; e treze anos depois, Lídia, a caçula.

A QUESTÃO DIFÍCIL

No pátio da Igreja da Natividade, onde reinava a calmaria — como se o mundo inteiro estivesse esperando o primeiro grito do menino Jesus, vindo do bojo da caverna —, Karima parou, pôs a câmera diante de si e começou a girar em torno dela como uma borboleta, em seu longo vestido branco esvoaçante. Queria tirar uma única fotografia, milagrosa, que mostrasse o mundo inteiro: seus mares, rios, gente, florestas, montanhas, planícies, desertos, aves, cervos, cavalos e grilos... tudo o que nele existia.

Ter uma câmera finalmente significava tocar em seus sonhos, moldá-los, amassá-los e fazer deles, como o oleiro faz do barro, o que desejasse.

Ela sabia que a primeira fotografia seria a mais importante, seu passo para dentro desse mundo que amava. Seria seu voo, sua projeção nesta terra.

A seu redor, havia belas construções de pedra e a Igreja da Natividade com todo o seu esplendor. Considerou que a fotografia da igreja poderia ser a primeira. Lembrou-se, porém, das dezenas de fotografias que vira dessa igreja. Nenhum fotógrafo estrangeiro passou por ali sem fotografá-la. Alguns para atestar uma informação que constava na Bíblia, outros para vendê-la, e outros, ainda, para se gabarem de ter estado em Belém, o berço de Cristo, e tirado, eles mesmos, uma fotografia.

Em todo caso, a luz sobre a igreja naquela manhã tardia não era adequada para tirar a fotografia sonhada. Estava forte, formava sombras e escondia a beleza das pedras, escurecendo alguns cantos com uma penumbra pesada.

Karima retomou aqueles pensamentos que zumbiam dentro de sua cabeça como uma colmeia antes de ela ter uma câmera ou mesmo de ousar sonhar em ter uma câmera. "Fotografar significa desenhar com o sol." Era isso que ela ouvira os fotógrafos dizerem mais de uma vez quando criança. De início, pensava que eles seguravam o sol e desenhavam com ele no papel. Até que um dia, em um instante de loucura, estendeu o braço até o céu e descobriu que o sol era muito distante e ninguém podia segurá-lo; então entendeu que não era isso que queriam dizer. Mesmo assim, naquela noite, chegou a pensar: "Talvez, por eles serem mais altos do que eu, suas mãos alcancem o sol".

Na manhã seguinte, acordou cedo, foi até a porta, viu o sol, sorriu, entrou de novo e pediu ao pai que a seguisse até o quintal, onde estavam os quatro pinheiros, a palmeira, a videira e as cinco laranjeiras.

Ele obedeceu.

— Levante a mão — ela pediu.

Ele levantou.

— Na direção do sol — ela indicou.

Ele ergueu a mão na direção do sol.

— Mais alto!

Ele obedeceu, mas não alcançou o sol! Ela olhou ao redor, avistou uma cadeira, correu até ela, pegou-a e voltou.

— Por favor, suba na cadeira.

O reverendo Said respirou fundo, sempre sorrindo, sem dizer nada, e subiu.

— Agora levante a mão, em direção ao sol.

Ele esticou o braço pela terceira vez e perguntou:

— Isso é suficiente?

— Sim, é.

— Posso descer agora?

— Pode, sim.

Antes de o pai perguntar o motivo daquele experimento, ela havia desaparecido para dentro de casa.

A família já estava reunida à mesa para o café da manhã, exceto Karima. O reverendo pediu a Karim que chamasse a irmã. Ele bateu à porta. Ela não respondeu. Ele bateu outra vez e a ouviu dizer: "Entre". Karim entrou e encontrou a irmã com a cabeça entre as mãos. Então ele indagou:

— Está com dor de cabeça?

— Não, estou pensando.

— Pensando em quê?

— Em uma coisa que está me incomodando. Quando conseguir resolver, conto a você.

— Por que não vem comigo? Vamos comer, quem sabe a comida ajuda você a pensar melhor? Ou pode perguntar ao pai.

— Não creio que o reverendo saiba a resposta!

— O papai sabe todas as respostas.

— Ele subiu na cadeira, não conseguiu tocar no sol, como poderia ter uma solução para o problema que me aflige?

— Se é assim, então é melhor você ficar com fome até chegar à solução.

Karim saiu, fechou a porta, tentando segurar uma risada que quase lhe escapara do peito. Antes de chegar à sala onde a família estava reunida para o café, ouviu a porta do quarto de Karima se abrir; concluiu que ela fora vencida pela fome, mas ficou surpreso quando ela se sentou à mesa, olhando para a comida em seu prato, sem tocá-la.

À tarde, ela pediu ao fotógrafo Yussef Albawarchi, que veio visitar a igreja, que se abaixasse para que ela pudesse lhe dizer algo no ouvido.

Ele se curvou, e Karima lhe perguntou sobre a questão de desenhar com o sol. Disse que não conseguiu segurar o sol e que fez o pai tentar por ser o mais alto de todos: "Ele chega a ser mais alto que o senhor, tio Yussef, mas não conseguiu. Como então o senhor consegue desenhar com o sol?!".

Tio Yussef riu e disse:

— Esta é uma longa conversa; você tem tempo para eu lhe explicar?

— Todo o tempo do mundo. Não tenho nenhum compromisso. Graças a Deus, recusei costurar a bainha do vestido da professora de inglês, do contrário não teria tempo.

— Vestido da professora?

— Sim, ela disse que eu era muito boa costureira e que me daria um vestido para eu fazer a bainha. Eu não quis.

— Por que recusou?

— Eu disse a ela: "Não fique chateada comigo; se eu costurar seu vestido hoje, meu destino estará traçado, serei costureira, e isso eu não quero".

— O que foi que ela respondeu?

— Ela perguntou: "Sua senhoria quer ser princesa nesta terra atrasada?".

— E você?

— Eu disse que queria ser artista, como o tio Yussef, desenhar com o sol; e acrescentei: "Jesus Cristo, em quem a senhora crê, é filho desta cidade. A senhora está me dizendo que segue a crença dos 'atrasados'?".

— Ela deve ter ficado brava!

— Muito! Mas não me importei. Se ela gostasse um pouco da gente, quem sabe eu fizesse a bainha de seu vestido... Mas ela não gosta.

— Como assim?

— Este é outro assunto, depois eu conto. Agora, o senhor tem que me explicar, por favor, como desenha com o sol.

Toda essa conversa se deu aos sussurros. Ninguém podia escutar nada do que era dito.

O reverendo Said os viu se afastando. Quando chegaram à palmeira, pararam e conversaram durante dez minutos, antes de Karima estender a mão para se despedir do tio Yussef, sorrindo.

Tio Yussef não conseguia descobrir o que estava por trás do interesse de Karima por fotografia. Ele até lhe ofereceu sua câmera para que ela mesma tirasse uma fotografia. Mas ela deu dois passos para trás com os punhos cerrados, como para impedi-los de seguir adiante.

Alguns dias depois, tio Yussef chegou com a câmera. Em poucos instantes, Karima já dava voltas em torno dela.

— Karima, você não quer tirar uma fotografia? Eu não vou oferecer outra vez. Não quer mesmo pôr a cabeça dentro da capa preta para ver como é o mundo através da lente da câmera?

Karima balançou a cabeça, recusando.

— Como quiser!

Essa resposta foi a maior sedução à qual fora exposta em todos os seus doze anos de vida. Suas feições ficaram mais suaves depois daquela recusa abrupta, e Yussef, fotógrafo experiente, percebeu na hora.

Ele não fez a pergunta de novo, mas disse:

— Vamos lá, vamos procurar um lugar amplo, que seja o mais bonito, para você observar com sua pequena cabeça escondida no escuro.

Karima caminhava a dez metros de distância dele, feliz, emocionada, cautelosa, confusa, se perguntando: "Será que o mundo vai aparecer diferente dentro da máquina? Diferente deste que eu vejo? As árvores terão outras formas? E as pessoas, as casas e as planícies?".

Yussef interrompeu os pensamentos dela:

— Está vendo? Lá embaixo está Beit-Sahur e ali, a campina dos pastores.

Yussef fixou sua câmera e alguns segundos depois chamou Karima.

Ela olhou para Beit-Sahur e a planície a leste como se fosse a última vez, já que se tornariam outras paisagens pelo simples fato de vê-las através da lente da câmera.

A pequena cabeça ficou bastante tempo debaixo do pano, deslumbrada, feliz. Yussef perguntou:

— Como você vê o mundo?

— Bonito, mas invertido; vou ter que ficar de cabeça para baixo para enxergá-lo direito?

— Não.

— Mas como posso devolvê-lo à posição correta?

— Essa seria sua missão como fotógrafa.

— Como? — disse ela, com uma voz abafada.

— Eu fiz esta pergunta a meu professor quando estive em seu lugar e ele me respondeu: "Você tem que encontrar seu próprio jeito de devolvê-lo à posição correta".

— E o senhor encontrou?

— Eu tentei.

— Mas, em suas fotografias, está tudo certo. A copa das árvores em cima e o chão embaixo.

— Não, não foi isso que o professor quis dizer.

— O que ele quis dizer então?

— Quando você tiver uma câmera igual a esta, vai entender. — Ele fez uma pausa e depois disse: — Chega, Karima!

Ela mexeu a mão e deu uma batidinha de leve na dele. Ele entendeu que era para ficar quieto.

Aquele momento foi um dos mais felizes para Yussef. Yussef, cuja cerimônia de casamento foi celebrada pelo pai de Karima, que também celebrou o batismo e o casamento de centenas de membros de seu culto desde que sua igreja foi construída com o apoio do reverendo Schneller, que fundou a Escola Síria de Órfãos, na qual alguns anos depois Karima se formaria, a escola que seria mais tarde conhecida pelo nome de Colégio Schneller.

Não foi difícil para Yussef entender que aquela menina gostava mais da câmera que ele, muito mais, e foi varrido por uma onda de tristeza: "Mas o que esta menina poderia fazer mesmo que tivesse mil câmeras? A profissão de fotógrafo é para homens, apenas!".

Yussef tinha certeza de que Karima sufocaria dentro da câmera. Ele se deu conta de que ficara bastante tempo perdido em seus pensamentos, que se esquecera da menina, em quem justamente estava pensando! Tinha se esquecido dela, então disse: "Karima, chega?".

Ela não mexeu a mão dessa vez, mas sua voz ecoou abafada:

— Só mais um pouquinho.

O ar voltou aos pulmões de Yussef. Quando o sol começou a se pôr atrás deles, disse:

— Acho que já chega!

Sem tirar a cabeça de dentro do pano, Karima respondeu:

— Quero ver como o sol se põe, como a noite cai e como o sol nasce amanhã de novo.

— Karima, é difícil fazer tudo isso de uma só vez.

— Por quê?

— Porque temos que voltar para casa, seus pais devem estar esperando.

—Tudo bem, o senhor vai e, se meu pai perguntar por mim, diga a ele que vou dormir fora de casa esta noite.

— E onde você pensa em dormir?

— Na câmera. Diga a meu pai que vou dormir dentro da câmera esta noite.

EM BUSCA DA PRIMEIRA FOTOGRAFIA

Karima voltou para casa carregando a câmera. Sua câmera. A câmera que seu pai lhe dera de presente. Ela pegou seu sonho e voltou para casa, deixando para trás a praça da Natividade, que borbulhava com vida. A vida que voltou a ficar barulhenta depois de ter se aquietado um longo tempo para permitir a Karima tirar sua primeira fotografia. Quando a vida percebeu que ela não o faria, voltou a seu tumulto.

O pai correu ao encontro de Karima quando a viu chegando. Estava feliz como nunca:

— Vamos, mostre-nos a colheita de sua primeira viagem.

A mãe, os irmãos e as irmãs, todos correram.

— Não estranhem, mas não tirei nenhuma fotografia.

— Ficou fora durante três horas e não fotografou?! — o pai estranhou.

— Isso mesmo.

— Mas por quê?

— Porque não encontrei a cena que deveria fotografar.

— Você está em Belém e diz isso?! Você tem ideia de quantas fotografias já foram tiradas desta cidade? — o pai, surpreso, perguntou.

— Sim, eu sei, muitas, muitas, mas não quero ser igual a esses fotógrafos.

— Quer ser igual a quem, então?
— Igual a mim, quero parecer comigo mesma, não com eles.
— Vamos esperar, temos bastante tempo.
— Não, pai, não temos bastante tempo.
— Como assim?
— Temos bastante tempo para fazer muitas coisas, mas não para tirar as fotografias que desejamos; para estas, nunca teremos tempo.
— Fotografe, então.
— Sim, meu pai, vou fotografar, mas estou em busca de algo diferente.

Karima sentiu o peso que oprimia o peito do pai; por isso disse, sorrindo:
— Quero fazer uma pergunta.
— Faça — disse o pai, aspirando fundo.
— Quanto é um olho mais um olho? — perguntou Karima.
— Dois olhos — respondeu a pequena Lídia, zombando.
— Errado! — disse Karima.

Lídia chorou. Então o reverendo cochichou alguma coisa em seu ouvido, e ela riu!

Entreolharam-se confusos. Karima disse:
— O tio Yussef conhece a resposta há muito tempo.

Todos olharam para Yussef. Viram que estava mais confuso do que eles. Mesmo assim, ele disse:
— Parece que este tio aqui ficou senil de tanto enfiar a cabeça dentro do saco da câmera.
— Quer dizer que vocês se rendem?
— Sim — todos responderam em uníssono —, quanto é?

Karima respirou profundamente, imitando o pai, sem querer, e disse:
— Um olho mais um olho é igual a...

Antes de ela anunciar o resultado, ouviram batidas à porta. Katarina largou o violão, que dedilhava sem parar, como se coçasse a cabeça tentando encontrar a resposta para a pergunta de Karima. Então se levantou e foi até a porta.

O reverendo reconheceu a voz da visita e logo disse:

— Chegou na hora certa, prefeito!

— Diga "bem-vindo", primeiro!

— Você devia ter nos cumprimentado — retrucou o reverendo.

— E por acaso tivemos chance? Que foi? Diga!

O prefeito não estava sozinho. Vinha acompanhado por Tawfiq, seu primogênito, o único da família Khalil batizado pelas mãos do presbítero Ludwig Schneller, em 1888.

Katarina cedeu seu lugar ao tio Tawfiq, e o prefeito se sentou ao lado do reverendo Said no sofá florido de três lugares.

— Karima fez uma pergunta difícil, apesar de aparentemente simples — disse o reverendo.

— Vamos ver. Espero que seja também difícil para nós.

Quando ouviu a questão da boca de Karima, que tentava esconder um sorriso perverso, o prefeito coçou freneticamente o bigode cinco vezes com o indicador direito e depois olhou para os rostos em busca de alguma dica.

Karima entendeu que ele declarava sua rendição.

Tawfiq, que era fotógrafo profissional, pediu permissão para responder.

— Por favor! Nos liberte!

— Um olho mais um olho é igual a visão.

— Como não pensamos nisso?! — alguns repetiram.

Karima sorriu e, olhando para eles com uma felicidade rara, disse:

— Errado!

Por um instante pensaram que ela iria revelar a solução, mas em seguida Karima anunciou:

— Um dia, vou me casar com o homem que der a resposta certa!

O reverendo levou a mão até a barba e segurou-a com força como se quisesse arrancá-la. Estava certo de que a câmera enlouquecera a filha de tanto que esperou para tê-la; então disse a ela:

— Espero que o Senhor nos mande agora quem resolva esse problema e nos livre de sua loucura.

Mal terminou a frase, ouviram alguém bater à porta.

A FOTOGRAFIA PERDIDA

Durante seis dias, Karima carregou sua câmera à procura da fotografia perdida. Nos primeiros quatro dias, a família a esperava com uma única pergunta: "Encontrou?".

Nada além de silêncio. Silêncio que se tornou tristeza e depois dor, espremendo suas faces e deixando-a pálida como nunca viram antes.

No quinto dia, nada se perguntou. No sexto, todos desapareceram assim que ouviram os passos de Karima se aproximando da porta. Por uma razão qualquer, que desconheciam, passaram a temê-la. O reverendo Said estava pensativo, com aquele peso no coração: deveria realmente ter lhe dado a câmera? Como pode uma pessoa dar a outra um sonho que, depois de realizado, passa a ser uma maldição, um pesadelo, uma angústia? Ele se perguntava se nossa felicidade verdadeira estaria na busca e na perseguição dos sonhos ou em alcançá-los.

Tentou evocar as palavras da Bíblia para ajudá-lo, mas percebeu que a preocupação com a filha esvaziara sua mente, enchendo seu coração de aflição.

— Acho que você deveria dormir — disse-lhe Bárbara, sua esposa.

— Sabe, a coisa mais complicada neste mundo é o sono; geralmente ele se apossa de você sem que perceba, como se aquietasse tudo em você; mas, quando o chamamos, ele nos dá as costas, nos abandona, como se nunca tivesse atravessado nenhuma parte nossa. É como se nosso corpo fosse um aluno novo, entrando na escola pela primeira vez; quando o professor escreve uma palavra na lousa e lhe pede que a leia, ele abre a boca, abre os olhos de espanto e se fixa naquela palavra simples e misteriosa, que poderia ser a palavra "sono" — palavra que não consigo ler agora —, sendo escrita com giz preto no quadro da noite.

— Durma, Said. Acho que a melhor coisa que você pode fazer agora é dormir.

— Me diga como a pessoa dorme! Fecha os olhos? Fechei. Apaga a luz? Apaguei. Esconde a cabeça embaixo do cobertor e para de falar? Pois é, já fiz tudo isso.

— Por que não vai para o quarto das meninas e conversa com Karima? Acho que ela não está dormindo.

O reverendo Said levantou-se, deixou a cama, abriu a porta e escutou o som do encontro da madeira com a penumbra seca.

Estava quase batendo à porta das meninas, mas sua mão ficou suspensa no ar; então se virou para a porta da casa, abriu-a e se sentou no degrau da soleira.

O frio agradável do mês de setembro foi suficiente para sacudir de seu corpo os vestígios de um sono falso, sono pó. Olhou para o céu, estava cheio de estrelas que não observava havia anos. Passou-lhe pela cabeça que nunca vira a fotografia de uma noite com estrelas. Pensou: "Por que Karima não se levanta e tira uma fotografia da noite, das estrelas e do silêncio?".

Levantou-se, caminhou até a porta das meninas e bateu de leve; uma batida que só poderia ser ouvida por quem foi abandonado pelo sono. Houve uma pausa de alguns segundos até que a porta se abriu:

— Pai?!

—Venha, quero mostrar a você uma coisa que nunca viu.

— Um segundo.

Karima enfiou os pés no primeiro calçado que encontrou e seguiu seu pai.

O reverendo Said se sentou novamente no degrau da porta, evitando olhar para o céu e ver de novo o que vira. Queria que ela descobrisse a noite sozinha, que voltasse para buscar a câmera em silêncio e que tentasse fotografar. Quem sabe não conseguiria tirar a fotografia rara tão desejada, a fotografia jamais captada por ninguém?

Sentou-se a seu lado, estendeu o braço e a envolveu. O cheiro de chuva que ainda não caiu insinuou-se entre a grama seca e as árvores, que desejavam ter pés para correr e escapar do outono.

Karima ergueu o olhar e viu as estrelas brilhando como nunca. Espantou-se com o fato de existirem pessoas que vivem e morrem sem nunca assistir a uma cena simples como essa. Ela mesma nunca tinha visto, apesar de ter vivido todos esses anos. Pensou: "Se eu pudesse fotografar a noite! Seria essa a fotografia que busquei todos esses dias?".

Karima sabia, porém, que aquela fotografia era impossível. Desconhecia se uma câmera que podia tirar uma fotografia das estrelas já tinha sido inventada; talvez sim, mas ainda não havia chegado até eles.

— Acho, pai, que sei em que pensou e está pensando.

— Em que pensei e estou pensando?

— Em me ajudar, ser meu olho e ver a fotografia que tenho que tirar, a que faz dias que corro atrás em vão, sem conseguir capturar. Mas tudo bem, pai, uma fotografia dessas sou eu quem precisa vislumbrar, quem precisa tirar. Do contrário, será uma imagem preta igual à que eu capturaria se enlouquecesse agora e fotografasse a noite, para em seguida perceber que não passava de uma fotografia vazia, uma página preta, sem o mínimo vestígio de uma estrela sequer. Sabe o que é a fotografia, meu pai?

— O quê?

— É a sombra mais vívida do ser humano. Sabe qual é a fotografia mais antiga do ser humano?

— Sei, sim, você acabou de me dizer: é a de sua sombra.

— Sabe qual a coisa mais estranha dessa história? É que o homem precisou de todos esses séculos para conseguir ver os traços de sua sombra.

— Não me diga que você vai precisar de alguns séculos para tirar a fotografia que deseja!

— Acho que os que me antecederam abreviaram o caminho para mim. O senhor acha que a noite é a sombra do dia?

— Já pensei nisso há alguns anos, que talvez a noite fosse nossas sombras que fogem e se reúnem ali, longe dos corpos e de nós, quando se certificam de que estamos dormindo!

Karima respirou tão fundo que sentiu toda a brisa serena que vinha do mar até Belém se juntar em seus pulmões.

— Acho, meu pai, que ainda não tirei a fotografia que quero porque sou mais baixa que a câmera, apesar de ser alta como uma palmeira, e porque aquela charada que propus a vocês há dias não se aplica a mim!

— Que charada?

— Um olho mais um olho é igual a...

— Igual a quanto?

— Igual a um olho só, que é o olho da câmera. Eu sei a resposta, mas ainda não consigo unir meus dois olhos em um olho só, o da câmera, e por isso não pude até agora captar a fotografia sonhada.

— Pensei que estava falando sério quando disse que só se casaria com o homem que desse a resposta certa.

— Eu estava brincando; o senhor acha que desperdiçaria um bom pretendente só porque não acertou uma charada dessas?

O reverendo Said sorriu; Karima notou que a luz de uma câmera brilhou atrás deles de repente e ela conseguiu ver com clareza todas as coisas que estavam no quintal.

— Acho que vou conseguir dormir agora — disse ele.

— Eu também, mas vou ficar mais um pouco aqui. Quem sabe eu tenha uma ideia ou veja alguma coisa que não vi durante o dia.

— Não demore.

— Vou esperar o nascer do sol do sétimo dia, talvez me diga alguma coisa.

UMA MANHÃ DIFERENTE

Karima não tinha ideia de quanto amava o outono. Não tinha consciência de quão maravilhoso, espetacular, cândido e puro ele era. Pensou: "É a melhor morte na terra, a melhor morte que as criaturas poderiam conhecer e com as quais poderiam sonhar, mas foram as árvores, apenas elas, que ficaram com essa morte".

Algo se movia dentro de Karima; chegou a se esquecer da câmera, da noite e do dilema da fotografia perdida. Ela entrou em casa e pegou a câmera. Lídia se virou na cama e Katarina abriu os olhos, mas logo os fechou. Karima saiu para o pátio da casa. Firmou a câmera na soleira onde estava sentada antes. Contemplou a cena, estava espetacular; desejou que o ser humano pudesse fazer filmes e câmeras que captassem as cores.

Karima enfiou a cabeça dentro do pano preto. As cores estavam dentro dela. Pôs a cabeça para fora e percebeu que a soma de seus olhos era maior do que a do olho da câmera; englobava o olho da câmera mais as cores e o que ela esperava obter da fotografia que desejava captar.

As ideias sopravam na cabeça dela, as cores também, e toda vez que pensava em uma cor achava que seu rosto se coloria dela. Karima se perguntava o que aconteceria se deixasse a câmera no mesmo lugar durante oito meses, até o início da primavera, sem parar de fotografar. Fotografar cada instante: a noite, o dia, a nudez das árvores, as tempestades, os badalos dos sinos da igreja, os chamados à oração das mesquitas, o som dos pássaros, das pessoas que passavam na frente da porta. Respirou fundo, como fazia seu pai, percebendo que todos os filmes que existiam no mundo não seriam suficientes para esse seu projeto desvairado.

Escolheu a humildade. Agachou-se e desenhou três marcas no chão onde posicionaria o tripé da câmera. Estava decidido: no mesmo dia de cada mês, depois de tirar a primeira fotografia, posicionaria a câmera no mesmo lugar e captaria a mesma cena até a chegada da primavera.

A pergunta voltou: o que faria esse tempo todo?

Pegou a câmera e entrou.

Todos estavam acordados, temerosos das probabilidades misteriosas que o sétimo dia traria.

Karima ficou paralisada quando os viu; o raio de sol que vinha da janela do lado leste da sala de jantar, incidindo sobre os rostos, era fascinante. Eram eles, mas diferentes, mais bonitos e mais puros, como o dia lá fora.

Ficaram confusos quando a viram parada feito uma estátua. Algo em seu olhar estava diferente, havia uma vida naquele olhar, que Michelangelo seria incapaz de representar em suas obras.

— Não se mexam — ordenou como se lhes apontasse uma arma, assaltando sua beleza, a beleza daquele instante, quando o rosto deles era sem igual.

Direcionou-lhes o olho da câmera e ordenou de novo:

— Não se mexam.

Eles estavam dispostos a fazer qualquer coisa para agradá-la.

Karima acomodou a cabeça dentro do saco preto da câmera. Os corações bombeavam mais sangue para os rostos. O sol lá fora subia também, como se quisesse enfiar a cabeça pela janela para ver o que acontecia naquela sala, ou para se juntar aos outros, que não saberiam que deviam ter trazido mais uma cadeira para acomodá-lo.

Contemplou-os como contemplou o outono lá fora e tirou a fotografia.

Karima pegou a câmera, calada, e se dirigiu ao quarto escuro para revelar sua primeira fotografia. A alegria abraçava o rosto dos presentes; era muita felicidade. No entanto, havia um alerta de cautela. Por isso, não disseram uma palavra. A melhor coisa que podiam fazer era esperá-la sair do quarto, ver seu semblante e o que teria entre as mãos.

Meia hora depois, Karima apareceu.

Olhou para eles e ficou surpresa. Não eram os mesmos de meia hora atrás. O sol havia perdido o interesse, partido para mais longe, deixando aqueles rostos sob uma luz tênue, menos doce.

Karima ergueu a fotografia e a virou para eles.

Ela se deu conta de que deveria se aproximar para que pudessem ver o que ela vira neles.

Foi até seu pai e lhe entregou a fotografia.

Ele respirou fundo e segurou um soluço de choro. Então disse:

— Deus nos criou seres humanos, mas Karima nos transformou em anjos!

Bárbara o repreendeu:

— Sendo um reverendo de igreja, não é adequado que diga coisas assim.

O reverendo estendeu-lhe a fotografia. Emocionada, também soluçou, mas repetiu:

— Mesmo assim, não se devem dizer palavras desse tipo!

A fotografia passou de mão em mão até voltar às mãos do reverendo Said, que a contemplou outra vez e depois a devolveu a Karima com delicadeza e ternura, como se devolvesse um bebê à mãe depois de tê-lo batizado.

— É a fotografia que você queria, luz dos olhos meus? — perguntou o pai.

Karima apertou o ombro dele com delicadeza e se retirou sem dizer nada.

SONATA DE OUTONO

Ter ganhado a câmera no outono foi a melhor coisa que aconteceu a Karima, pois não há estação mais apropriada para um fotógrafo estar com sua câmera.

Não foi apenas a luz que a envolveu totalmente — luz sem igual, a não ser a do sol quando nasce ou se põe, mesmo assim em alguns instantes fugazes —, mas também todo o aprendizado de Karima que foi se intensificando dentro dela. Ela, que pensava ter vertido nas folhas das provas do último ano na escola tudo o que aprendera para que tivesse êxito e merecesse a câmera, de repente começou a perceber que estava no caminho para compreender o mundo. Havia se livrado das respostas prontas que tinha que repetir toda vez que se encontrava diante das questões de uma prova.

Karima se libertou, recuperando devagar tudo o que aprendera, sem se dar conta, naquele ambiente rico, que enchia a casa de conversas sobre arte, religião, pátria e provérbios populares palestinos, que o pai coletava em suas viagens — ou que chegavam até ele por meio de uma conversa simples, da qual surgia uma pérola, um provérbio — com o intuito de reuni-los em um livro. Ele pegava seu caderninho, anotava o provérbio e, quando terminava a conversa, pedia a seu interlocutor que repetisse o ditado para se certificar de que o anotara corretamente.

Karima recuperou todas as músicas que escutava no coral do pai. Parecia o reverendo Butcher, que acordou naquela noite distante de inverno ao som de uma música mágica, que tomou conta do lugar e abraçou tudo ao redor.

Mas não era só a música que a despertava.

Será que Karima tinha que enxergar o outono e compreendê-lo, para perceber que havia dentro dela uma Karima melhor do que a que conhecia?!

Sussurrou a seu coração: "O outono tem tudo, vida, morte, beleza, renovação, luz, a cor do sol, as melhores cores do sol, o encontro de sua luz com o que se parece com ela: as folhas amarelo-avermelhadas caídas nos pomares e nos jardins ou aquelas que tomam uma porção maior da luz do sol, permanecendo sobre os galhos antes de cair".

Naquele entardecer, Karima sentou-se absorta, com um sorriso ambíguo a nadar sobre os lábios. O reverendo Said a observava. Para ele, a filha parecia alguém que alcançou, ou estava a ponto de alcançar, a paz interior. Quando chegou a hora do jantar, seu sorriso estava mais evidente, de tal forma que só cabia ao reverendo se dirigir a todos dizendo:

— Acho que Karima acabou de descobrir algo importante. Vocês acham que ela vai nos contar?

— Quê? — indagou Karima. Seu rosto estava iluminado com uma luz especial.

O pai repetiu o que disse, sem tirar os olhos do rosto de Karima, que tentava ajustar com calma o sorriso para transformá-lo em palavras.

— Caso queira que um filho, ou uma filha, que tem o sonho de ter uma câmera compreenda o mundo de forma correta, só lhe dê a câmera de presente no outono — disse Karima.

E como se os céus abrissem todas as suas portas, deixando as chuvas jorrarem sem parar, Karima se pôs a falar sobre a vida, a morte, o outono e as cores. Quando terminou, estava ofegante de tanta emoção.

Em alemão, idioma que dominava como um nativo, o reverendo Said comentou: "Se eu soubesse que você sabia tanto assim o que desejava da vida, eu lhe teria dado a câmera em seu primeiro dia nesta terra". Depois leu:

In Anbeginn
Sprach das Pferde: Ich will Ebenen
Die Adler sprachen: Ich will die Gipfel der Berge
Und es sprachen die Schlangen: Ich will Höhlen
Nur der Mensch könnte sich nicht entscheiden.[1]

Depois de ouvir os versos, Karima comentou: "Eu quero a luz".

Naquela noite, logo que Lídia apagou a luz, o sorriso de Karima se fechou, ficando estreito como a própria noite — noite enorme, porém estreita, pois cada parte dela é a noite inteira.

Não soube por que a imagem de seu pequeno irmão, Najib, que morrera ainda criança, nem a imagem de seu avô paterno, que morrera com quarenta e sete anos, saltaram diante de seus olhos de repente. Ela voltou a se fazer

---

[1] No início/ Os cavalos disseram: queremos planícies/ As águias: queremos cumes/ As serpentes: queremos tocas/ Apenas o homem permaneceu indeciso. (N. T.)

a mesma pergunta bem baixinho, uma pergunta que não se cala, como um grito: "Por que morreram tão novos?".

O professor Suleiman, seu tio, costumava responder: "Não estão mortos aqueles que vivem no coração de quem os ama, como vive nosso pai em nosso coração".

Karima finalmente pegou no sono. Quando acordou, agarrou a câmera e pensou: "O outono da morte que me causa insônia à noite não é o mesmo outono que amo e que me encanta durante o dia".

TERRITÓRIO DO INIMIGO

Assim que chegaram, os ingleses chamaram a Palestina de "território inimigo ocupado", e as forças do general Allenby divulgaram um decreto militar: *Todos os habitantes dos territórios que antes estavam sob domínio turco e estão agora ocupados pelo exército que eu lidero estão proibidos de praticar qualquer ato que perturbe o bem-estar comum e de ajudar os inimigos de Sua Majestade e de seus aliados...*

Os ingleses cercaram Belém e montaram um acampamento na praça da Igreja da Natividade. Com os ingleses chegou o frio, um frio nunca visto. Os zombeteiros diziam que os ingleses trouxeram aquele frio de Londres, a terra da neblina! Mas aqueles que caíram cativos e foram detidos pelas mãos das forças inglesas não riam, o riso não fazia parte de suas noites; foram forçados a ficar ao ar livre, ao relento, como se os ingleses tivessem decidido utilizar a própria natureza como meio para torturá-los.

Karim, que completara vinte anos antes da chegada dos ingleses, se viu cativo de um frio impiedoso quando os soldados o levaram depois de terem encontrado em seu bolso um livro em alemão: *Os sofrimentos do jovem Werther*, de Goethe.

Karim, o rapaz magro, elegante, que tinha bigode preto e cabelo penteado com esmero, apesar das entradas acentuadas, que anunciavam uma calvície herdada do pai e dos tios, se viu diante do bloqueio inglês, perto do túmulo de Raquel, cara a cara com os soldados.

Não pôde recuar e não lhe passou pela cabeça que os sofrimentos de Werther logo seriam os seus e que os herdaria, como a natureza o havia preparado para herdar a magreza e a calvície.

O soldado britânico olhou seu documento e estava quase permitindo sua passagem quando outro soldado percebeu um volume no bolso de seu casaco e rapidamente apontou a arma contra ele e lhe ordenou que levantasse as mãos.

Karim ficou perplexo. Lembrou-se na mesma hora dos sofrimentos de Werther. Seu coração partido por uma tempestade de dor. Percebeu que tinha caído na armadilha, que se encaminhara para ela. O primeiro soldado deu um passo à frente e com cautela apalpou aquela coisa dura no bolso do casaco de Karim. Não teve a menor dúvida de que se tratava de uma pistola. O segundo soldado pensou rápido: "Atirar ou revistá-lo antes? Um tiro a mais em uma guerra na qual milhares de tiros foram disparados e milhões de bombas detonadas não fará diferença nenhuma, seja quem for o assassinado!". Uma guerra que começou com o assassinato do príncipe herdeiro da Áustria e levou à morte de nove milhões de pessoas não ficaria mais ou menos importante com a morte de um árabe em uma cidade chamada Belém.

O primeiro soldado foi mais rápido que as ideias do colega e estendeu a mão, aproveitando o pavor do jovem que levantava os braços, conseguindo, em um movimento ágil, arrancar-lhe o livro.

O segundo soldado percebeu que perdera a oportunidade e que o árabe se salvara — ele que desejava tanto matar um árabe; afinal, não eram os árabes aliados dos inimigos de seu país, os turcos, esses que lutaram por tanto tempo contra ele e mataram seus colegas no front em Gaza antes de colapsar?

O soldado, nervoso, pegou o livro, abriu-o com uma mão, tendo o rifle na outra, e gritou:

— Espião alemão!

Os soldados vieram correndo, com as armas apontadas. Naquele momento, Karim teve certeza de que morreria. No entanto, ninguém atirou ao ver o cativo com os braços para o alto, mais alto que seu medo. Karim os levantou para que fossem vistos pelo resto dos soldados.

— Quem é você?

— Sou Karim, filho de Said, reverendo da Igreja Protestante Luterana.

Em cada quartel, em cada sala de interrogatório, a pergunta se repetia e a resposta também. A suspeita se agigantava, pois a história da relação do pai com os alemães era longa, mesmo que centrada apenas no âmbito educativo, no Colégio Schneller e na religião.

Nas noites em torno do lago de Hule, no norte da Palestina, Karim passou os piores dias de sua vida, sendo interrogado sobre os motivos de sua relação com os alemães. Todas as tentativas do reverendo Said de libertá-lo foram em vão. O governador militar da cidade chegou a gritar com Said:

— Se não parar de tentar libertar esse espião, vou trancafiá-lo junto com ele. Só uma coisa me impede de fazer isso, o fato de você ter uma comunidade e eu não querer inaugurar minha presença aqui com uma batalha com uma comunidade religiosa. Não aumente o problema, deixe-o confinado como está, como o caso de um espião alemão capturado por nós!

As forças que controlavam os prisioneiros naquela área não encontraram uma prisão melhor para eles do que deixá-los no meio dos pântanos da área do lago de Hule, com as pernas plantadas na lama e o corpo balançando como vara de bambu nas noites de frio severo. O único calor que passava pelos corpos, ou pela imaginação, era a luz dos enormes holofotes que vasculhavam a superfície dos pântanos, para que os soldados se certificassem de que os plantados naquele lamaçal ainda estavam lá.

Quanto aos cativos, turcos e árabes, cada um esperava por aquele momento precioso, inestimável: o momento em que a luz caía sobre seu corpo. Desejavam que os soldados demorassem só mais um instante sobre cada um, que procurassem se certificar de que ainda estavam lá e os contassem mais uma vez; mas o soldado que apreciava o calor do holofote em suas mãos não pensava no significado da luz para quem estava no pântano.

Assim que o sol se punha, as armas se voltavam para eles, ordenando-os silenciosamente que descessem para os pântanos. Aquelas noites foram suficientes para sequestrar a vida deles enquanto ficavam grudados como um feixe, tentando compartilhar seu bem mais precioso: o calor de seus corpos.

Nas noites em que alguém morria, sentiam mais frio com a frieza de seu corpo e continuavam grudados, à espera de que o dia os desmentisse. Mas o sol acabava nascendo para confirmar suas suspeitas e, quando se afastavam uns dos outros, eles viam um corpo rígido fincado na água feito um tronco morto.

EM FRENTE À IGREJA DA NATIVIDADE

Karima enfiou a cabeça no saco preto e ficou perplexa, como se tivesse sido surpreendida por uma cobra lá dentro. Como não vira os soldados britânicos atrás dos sacos de areia? Como não vira seus veículos enfileirados? Ela congelou. Havia cinco soldados atrás da barricada de sacos de areia que fechava a praça que levava ao portão da Igreja da Natividade; a cinco metros de distância, outra barricada e vinte veículos militares estacionados no pátio da igreja.

Ela puxou a cabeça rapidamente para fora, sentindo que batera em algo. Ficou olhando. Como não vira tudo antes de enfiar a cabeça na escuridão da bolsa?

Uma voz chegou de longe:

— Afaste-se.

Mas ela não escutou nada dentro daquela escuridão.

A voz ressoou mais forte:

— Eu falei, saia daqui.

Karima se certificou de que as palavras eram direcionadas a ela quando viu um soldado de cabeça para baixo, acenando com a mão que segurava uma arma e a ameaçava.

Ela puxou a cabeça para fora.

O soldado voltou à posição normal e repetiu a ordem pela terceira vez.

— Saia daqui.

— É você que deve se afastar, e não apenas para que a fotografia fique boa!

— O que está dizendo?

— É você que tem que sair daqui; este não é seu país.

Ela respirou fundo e voltou a mergulhar no mar daquela escuridão. De repente, sorriu, ao ver a cabeça dos soldados para baixo e as rodas de seus carros para cima. Tirou a fotografia rapidamente e partiu.

Revelou-a, olhou-a com raiva, estendeu a mão até um alfinete e o fincou nela. Os pés dos soldados estavam para cima, como lá, e a cabeça deles para baixo.

A AUSÊNCIA DE QUEM REGRESSA

Cinco semanas após sua prisão, Karim voltou outra pessoa: estava atrofiado, como um jovem acometido de paralisia desde o nascimento. Suas irmãs, Karima, Katarina e Lídia, o carregavam de uma cama para outra, sempre que queriam arrumar ou trocar seus lençóis.

Durante o dia, Karim se calava, escondendo sua dor, como a colcha que escondia a magreza de seus braços e pernas; mas, assim que a noite caía, seu tormento começava: tosse ininterrupta e dores em todas as suas células.

Se a dor escolhesse um lugar para morar, não encontraria espaço mais adequado do que aquele corpo.

Karim sacudiu a casa com seus gritos doídos, a ponto de o reverendo Said sentir o sino da igreja vibrar; vibrações que fluíam por seu corpo como arrepios ardentes. O reverendo começou a sentir que a morte assombrava seus filhos. Depois de levar Najib, lá estava ela tentando levar Karim. E Mansur, que caiu do campanário da igreja quando subiu para tocar o sino, Said teve que levar pela mão até o hospital psiquiátrico, pois não estava nem vivo nem morto.

Quando o reverendo Said viu o filho correr em direção ao campanário naquele dia, ele o chamou, pedindo-lhe, como sempre, que não subisse. Naquele tempo, não havia corda pendurada no sino que chegasse até o chão para ser sacudida por quem quisesse tocá-lo. Era preciso subir até o casulo de trinta metros de altura, avistado de longe por quem estivesse vindo de Jerusalém, de Beit-Sahur ou de Beit-Jala. Mansur ignorou a voz do pai e subiu. Uma criança, que não tinha brincadeira melhor que subir a escada em espiral do campanário, chegar sem fôlego, contemplar o mundo de suas aberturas retangulares e esperar a hora de tocar o sino, quando Belém acertava seu tempo, fosse dia ou noite.

Antes de Mansur chegar ao topo, seu pé escorregou; ele cambaleou e caiu. Com sua queda, o mundo da família mudou. Bárbara ficou mais nervosa do que antes e mais rigorosa, como se o marido, o chefe de família, não fosse o reverendo da comunidade, o homem bom que amava a ela e a seus filhos e filhas.

Mansur não se recuperou da queda, que o deixou com uma deformidade nas costas que os médicos não puderam tratar, além de um dano grave na cabeça, que o transportou do mundo da alegria para o mundo da insanidade.

Quando o transferiram para um hospital psiquiátrico, para que ficasse internado e seguisse ali com seus dias sombrios sem diversão nem vida, a família sentiu que a morte o levara. Não para muito longe desta vez, não para o céu, mas logo ali, a dez minutos de distância.

Karim não teve melhor sorte. O pai, que foi atingido no coração pela terceira vez, não sabia qual seria o destino de Karim, se ele se juntaria ao pequeno Najib ou se a febre queimaria seu cérebro, para que se juntasse a seu irmão no hospital psiquiátrico, sem que um reconhecesse o outro; ou se Karim viveria oscilando entre o destino de Najib e o de Mansur.

— É tuberculose — disseram os médicos que vieram; alguns de Jerusalém, outros de Haifa ou Yafa.

Foi assim que o reverendo Said descobriu que seu filho viveria morto na casa, pois nem o céu lhe abriu as portas nem a terra lhe deu sua imensidão.

Bárbara enlouqueceu, gritou, chorou, bateu no peito do reverendo Said como se fosse uma porta de salvação, correu entre os quartos da casa e acabou no jardim. Quando ouviu o motor de um veículo se aproximar, abaixou-se, pegou uma pedra, correu até a porta, viu que o carro já tinha passado, mas ainda estava ao alcance de seu braço, e gritou:

— Isto é por Karim!

A pedra voou e bateu com força no veículo, que rapidamente parou. Dele desceram cinco soldados britânicos com os rifles apontados, mas não havia ninguém ali.

Karima, que se tornara professora, decidiu deixar a docência naquele tempo pesado, cercado por gritos de dor e de raiva. Depois de um ano, descobriu que a docência era a última profissão que serviria para ela. Decidiu dedicar-se à fotografia. E era só isso que faltava para que a mãe gritasse com ela:

— Você será a culpada pela morte de Karim! Fotógrafa! Você já viu alguma moça trabalhando como fotógrafa!?

— Não — respondeu Karima.

No entanto, o reverendo Said só pensava em uma coisa: afastar suas filhas daquele ambiente de morte a qualquer custo.

— Ela está sofrendo o suficiente — disse Karima ao pai —, não serei eu motivo de mais sofrimento.

Karima levantou a cabeça e viu Said balançando a dele. Ela notou que o pai envelhecera bastante e que, se tirasse uma fotografia dele agora, o reverendo não se reconheceria de manhã. Ela teve a impressão de tê-lo ouvido dizer algo e por isso perguntou:

— Disse alguma coisa?
— Não, apenas sacudi a cabeça.
— Me ouviu, então? E concorda comigo no que farei?

Ele balançou a cabeça de novo.

— Está de acordo? — Karima insistiu.
— Nunca!
— Mas o senhor assentiu com a cabeça.
— Isso não basta. Eu não disse a você, quando pediu a câmera, que, se quisesse algo, deveria ter mais coragem para conseguir?

— Já fui ousada o suficiente, dizendo o que quis dizer; vou abandonar tudo.

— Você disse o que não queria dizer, Karima; você disse algo para agradar à sua mãe, mesmo traindo a si mesma. O Senhor lhe deu determinação e talento para ser a primeira a abrir um novo caminho como a primeira mulher fotógrafa em toda a Palestina. Quiçá no mundo árabe?! E você quer dizer ao Senhor (que Ele me perdoe): "Eu não quero a determinação nem o talento que me deu"!?

— Mas no fim são apenas fotografias; se eu não as tirar, alguém o fará.

— Eu achava que você era mais inteligente do que isso, pois a fotografia que você tirou de nós, sua primeira fotografia, naquela manhã, não poderia ser tirada por mais ninguém a não ser por você. Quanto à fotografia dos soldados ingleses que bloqueavam a entrada da Igreja da Natividade com seus fuzis e veículos militares, até poderia ter sido tirada por outra pessoa, mas ninguém seria capaz de pendurá-la como você fez. Desde aquele dia, eu me pergunto: "Será que Karima vê o que não conseguimos ver?". Pense um pouco, Karima, é verdade que não posso negar que existe muita raiva no modo como pendurou a fotografia, de cabeça para baixo, em protesto contra a prisão de seu irmão e sua doença, porém há mais do que isso. Você percebeu, por intuição, que as coisas não iriam parar com a prisão, que algo grande aconteceria com ele. Então posso lhe dizer agora o que você sentiu, mas não conseguiu explicar com palavras: a situação deste país vai mudar por causa desses soldados. Quem ousa fechar a porta que leva a um lugar de culto, a porta que conduz ao céu, fará de tudo para fechar as portas do mundo para este país, para toda a humanidade. Só quero uma coisa de você: que durma esta noite, como você queria, hesitante, assustada, com a fé em si mesma abalada; mas, quando você acordar amanhã, quero ver uma única Karima, a que eu conheço, a luz de meus olhos, não sua escuridão.

IMPÉRIO DAS TREVAS

Os gritos aumentaram à noite. Era um inverno rigoroso como nunca tinham visto. Vinham do quarto do reverendo Said e de sua esposa, não apenas do quarto de Karim.

Karim se deu conta, e sua tosse de repente desapareceu, como se tivesse encravado em sua garganta um tronco seco, daqueles usados para fazer fogo.

Sua mãe, Bárbara, só percebeu dias depois, porque seus gritos ressoavam em seus ouvidos sem parar. O reverendo Said a sacudiu:

— Bárbara, o menino está melhorando, mas você ainda grita.

Lá fora, o vento sacudia com violência os pinheiros e a única palmeira.

— Eu o escuto, ouço seus gritos, como pode não ouvir tanta dor?

— Karim melhorou, Bárbara, apenas escute um pouco.

Ela não estava convencida, os gritos ficavam mais altos.

Ele a agarrou pela mão, e ela entendeu que tinha que segui-lo. Levantou-se, com dificuldade, assustada, como se ele fosse jogá-la no inferno daquele grito. Enquanto caminhava pelo corredor em direção aos quartos, ela podia sentir os gritos que ficavam mais intensos. Ela congelou no mesmo lugar.

— Não vou avançar um único passo.

— Vamos até o quarto de Karim para você se certificar de que ele está bem.

E ela andou, guiada pela esperança mais do que paralisada pelo medo.

O vento lá fora se intensificava, e a determinação do reverendo Said também. Estava convencido de que, se ela continuasse assim, iria enlouquecer e se juntaria a Mansur; Bárbara seria mais uma hóspede do hospital psiquiátrico.

Chegaram à porta e, antes que a mão do reverendo Said se estendesse para abri-la, esvaíram-se todos os sons, os do vento e os dos galhos que saltavam uns sobre os outros e sobre as paredes e tudo o que estivesse ao redor. Os galhos que buscavam refúgio no alto daquele morrinho, tão colado ao horizonte que nada podia se esconder atrás dele.

Bárbara olhou para o reverendo Said apavorada, como se tivesse perdido o juízo naquele instante. Ela não estava ouvindo nada. O reverendo Said abriu a porta e entrou. O lampião, que Karima havia diminuído de intensidade, iluminava o canto direito ao lado da cama de Karim, e a cena — com a paz descendo sobre ele feito um feixe de luz — era apenas parte de sua antiga memória, quando costumava passar pelo quarto para olhá-lo e a seus irmãos e irmãs.

Mas ela não conseguia acreditar no que via.

Ela não conseguia acreditar no que ouvia.

O reverendo Said a puxou pela mão e saiu silenciosamente fechando a porta atrás dele.

Naquele momento, ele ouviu a tosse abafada atrás dele; escutou claramente e percebeu que Karim estava tentando silenciá-la desde o pôr do sol.

Mas Bárbara não a ouviu, o silêncio se tornou a única coisa que ela escutava e em que habitava.

Antes de chegarem à porta do quarto deles, o reverendo Said ouviu outra tosse, mais forte do que a primeira, pois conseguiu atravessar a porta e o corredor, o barulho do vento do lado de fora e a loucura dos galhos. Ele se viu repetindo:

— Que o Senhor amaldiçoe os ingleses e o dia em que chegaram à Palestina, e a qualquer lugar do mundo.

Sua raiva cresceu, e ele sussurrou a si mesmo: "O império no qual o sol nunca se põe!? O império que não vê o sol nem mesmo em sua capital e nada carrega além de escuridão para a humanidade, onde quer que os pés de seus soldados pisem. Teria sido melhor chamá-lo 'o império no qual as trevas nunca se dissipam'".

HÁ SEMPRE MAIS DE UM SOL

Karima não sabia se tinha sido seu pai quem a empurrara para praticar a coisa mais cara a seu coração, insistindo em acompanhá-la até a porta e acenando para ela naquele dia ensolarado de inverno. Não sabia, quando se virou e o viu encostado no batente da porta nem quando ao voltar-se novamente e ver que a porta estava ainda aberta, se o que ele lhe dizia era "estou esperando por você" ou se apenas apontava para inúmeras portas que se abririam para ela, como nunca havia acontecido com nenhum fotógrafo antes de Karima.

Ela havia preparado tudo de que precisava, e nada era mais importante do que comprar uma câmera digna de ser usada em fotografias profissionais e por ela como a primeira fotógrafa do país. Pesquisou bastante e, quando todos os fotógrafos que Karima conhecia concordaram que a Premo era a melhor câmera para ela, viajou até Haifa, encomendou uma, pagou e um mês depois a máquina chegou à porta de sua casa, em Belém.

Em tempo recorde, a reputação de Karima se espalhou, e as pessoas passaram a lhe pedir que fizesse retratos em casa. Mesmo aqueles que discordavam em questão de fotos pessoais, se eram *halal* ou *haram*, ou os que consideravam a fotografia uma abominação, uma obra de Satanás, foram tomados pelo desejo de permanecer presentes nas próprias fotografias, pois sabiam que a memória da câmera, no que se refere à retenção dos traços de uma pessoa, era mais forte do que a própria memória e a de seus entes queridos. Ninguém mais conseguia resistir a essa magia e à necessidade dela. As pessoas foram então levadas pelo sonho de permanecer presentes, não importava o que acontecesse, se partissem para longe ou fossem apanhadas pela morte. Foram arrebatadas pela capacidade da fotografia de manter seus filhos crianças, pois era isso que o coração almejava sempre que alguém via os filhos crescerem; ou pela capacidade de se manterem jovens, como se o tempo fosse incapaz de lhes tirar o brilho.

Nada pode ser tão incrível e tentador quanto a primeira fotografia.

Karima não estava longe desses sentimentos, pois havia sido capaz, quando escondeu aquela fotografia, considerando-a sua propriedade privada, de guardar para si um momento do qual não abriria mão por nada deste mundo: o momento em que apertava a mão de seu irmão Najib.

No entanto, tinha medo... medo da quantidade de mestres de fotografia com seus estúdios, para onde as pessoas corriam em todas as cidades palestinas. De Akka, Haifa, Nazaré a Nablus, Jerusalém, Alkhalil e Gaza.

Sempre que sua convicção era abalada, lembrava-se da frase de seu pai quando ela tirou a primeira foto, o retrato de família naquela manhã: "Deus nos criou seres humanos, mas Karima nos transformou em anjos!".

Karima voltou a pensar no sol e, ao longo do ano seguinte, dedicado à fotografia, chegou a uma conclusão que mudaria toda a sua vida como fotógrafa: sempre houve mais de um sol, mas nem todas as pessoas podiam vê-los, nem todos os fotógrafos conseguiam perceber esse fato.

Ela começara a notar o efeito do sol da manhã na fotografia, o do sol da manhã tardia, do meio-dia, da tarde, o efeito do pôr do sol, do sol da primavera, do verão, do outono e do inverno.

Karima percebeu que cada fotografia tinha o próprio sol e que cada fotógrafo tinha os próprios sóis em seus olhos.

Ela começou a prestar atenção nos reflexos das cores das roupas e em seu impacto nas fotografias: a cor dos vestidos, das paredes, dos sofás, das cadeiras, dos quadros pendurados; das cortinas e janelas; dos cantos, pisos e tetos.

Ficou feliz ao ver que todos os que ela fotografava ficavam contentes com seus retratos, mas algo a preocupava e deixava triste: quem tiraria a foto que ela desejava de si mesma?

Aos vinte e quatro anos, Karima sentia que a razão de sua constante posição atrás das câmeras era não ter lugar à sua frente! Na frente das câmeras estava a vida toda, os filhos, as esposas, os maridos, a beleza confiante de ser merecedor do retrato a ser tirado!

Um dia, o reverendo Said ficou contemplando as fotografias que ela havia tirado de várias famílias na cidade de Belém e sacudia a cabeça com grande admiração, como se as fotos tiradas por Karima fossem as primeiras imagens feitas por um ser humano para provar o milagre daquela máquina maravilhosa, que ele chamou de memória; a bênção que não foi dada aos olhos, mas que a mente compensou com a invenção daquele aparelho, para que o olho não se tornasse um poço escuro toda vez que se perdia um ente querido.

— Por que você está triste? Você sabe que os melhores fotógrafos, desde Tawfiq Khalil Bassil, ou mesmo Yussef Albawarchi e os fotógrafos visitantes que vêm de toda a Europa, admiram seus retratos. Eles até a invejam, porque você tira as fotografias que eles sonham em tirar e porque todas as portas das casas se abrem para você, enquanto a maioria delas se fecha para eles.

Karima não comentou nada naquele dia, apenas balançou a cabeça. Ela notou que respondeu assim, mesmo antes que o reverendo Said lhe dissesse:

— E então! Não concordamos que, se você quiser algo, tem que ser mais ousada para obtê-lo?! — Karima sorriu, e ele continuou: — De qualquer forma, não subestimo o sorriso em uma situação como essa; às vezes é mais eloquente do que as palavras.

O reverendo Said sabia que não era um sorriso nos lábios delicados, e sempre pálidos, da filha o que ele queria ver, mas aceitou — apesar de um quê de tristeza, que acabara por sequestrar o significado daquele sorriso.

Quando o reverendo Said se levantou, Karima ainda estava olhando para as fotos que o pai admirava. Ele parou e se virou para ela:

— Ainda há algo que você não me contou.

— Como sinto que a câmera se tornou meu destino nesta vida, acho que terá que aceitar o que lhe pedirei: para que eu não me separe da câmera!

— O que a ajudaria a continuar essa caminhada juntas?

— Algo que nos carregue, porque o caminho à frente será longo, mais longo do que eu pensava. Acho que preciso comprar um carro.

— Carro?!

Katarina surgiu na frente deles, como se tivesse caído do céu, e acrescentou:

— Essa é a melhor coisa que você pode fazer na vida.

O reverendo Said se calou por um instante, depois acrescentou:

—Você consegue imaginar o impacto de uma notícia dessas em sua mãe?

O sorriso de Katarina encolheu, e Karima estava prestes a balançar a cabeça, mas os olhos do pai estavam fixos nela, o que a impediu de fazê-lo.

A PRESSA DE UM AFLITO

— Sua mãe...! Eu a conheço. Infelizmente, se quiser convencê-la de algo, você não deverá consultá-la antes. Consiga primeiro o que deseja e só então ela se convencerá — disse o reverendo Said a Karima.

Com velocidade recorde, com a pressa de um aflito, de um necessitado, Karima aprendeu a dirigir com um instrutor em Belém. Mas a aflição e a necessidade não eram as únicas responsáveis por essa pressa.

Que a filha do reverendo estivesse aprendendo a dirigir não era uma questão qualquer, em uma cidade pequena. Certa manhã, ela acordou mais cedo do que o habitual. A primavera estava avançando aos poucos, devagar, e as ervas e flores espreitavam da terra, como filhotes prestes a deixar a toca pela primeira vez. Karima caminhou cem passos em direção à Igreja da Natividade, evitando ser vista pela mãe naquela manhã em que o sol se fez presente para que se pudesse ver a menor das criaturas de Deus, as que caminhavam no chão e as que voavam no céu.

Sentou-se ao volante e, antes de ajustar o assento, um quarto dos moradores de Belém já a tinha visto. Quando o carro partiu em direção ao centro da cidade, outro quarto se inteirou. Ela deu uma volta e o terceiro quarto a viu, assim como os soldados ingleses, alguns dos quais acenaram com seu fuzil para ela. Quando ela voltou, uma hora depois, ao ponto do qual partira, os habitantes de Belém e dos arredores, e metade dos visitantes da cidade, a tinham visto. E, assim que ela chegou à porta de casa, sua mãe, Bárbara, a esperava. Faíscas voavam de seus olhos, e seus dedos moíam as duas extremidades da porta de madeira.

A situação teria sido menos grave se Karim não tivesse tido uma recaída naquela semana. O revés de sua saúde desestabilizou a mãe e plantou tensão em todo o seu corpo, especialmente em seus olhos, que giravam, revirando a terra e o céu em busca de uma causa para o tormento que se abateu sobre ela quando a morte levou um de seus filhos e a loucura, outro, e a doença assaltou o corpo de Karim, que passou a ser seu único filho, apesar de ter dado à luz três homens.

—Você será a causa da morte de seu irmão e a extinção da flor de sua juventude; o motivo do desamparo de minha alma e de meu coração; e a razão da ira do Senhor sobre esta casa.

Karima não disse nada, deixou a mãe dizer tudo o que estava guardado no coração e, quando terminou, as lágrimas silenciosas haviam afogado o vestido de Karima, de cor azul-celeste com pequenas margaridas brancas, cujas mangas estavam ocultas por uma blusa de lã azul-marinho.

A mãe percebeu que Karima fora capaz de decidir a seu favor a primeira rodada da batalha. Ela recuou, retirou-se para dentro, deixando Karima em uma situação delicada sob dezenas de olhos ansiosos à espera do fim daquela batalha, que, se Bárbara não ganhasse, irromperia em todas as casas que tivessem uma garota da idade de Karima, fosse em Belém ou nos arredores! Aqueles que nunca tinham visto uma moça dirigindo um carro na Palestina chegaram a comentar:

— Se Karima ganhar, ela vai virar o país sobre a cabeça de todas as mães e pais!

Naquela noite, a única conversa na maioria das casas da cidade era sobre aquele terremoto repentino. As pessoas ficaram divididas. Todas as meninas que tinham alguma força ou algum conforto foram capazes de dar sua opinião sem se importar com nada. Falaram sobre o direito das mulheres de dirigir um carro, e de *possuir* um carro. Tanto as que não tiveram coragem de discutir quanto as que não conseguiam nem pensar em dirigir um carro acompanharam a conversa em silêncio, mas algo dentro delas torcia para que Karima saísse vitoriosa, depois que a notícia de sua batalha com a mãe se espalhou.

Quando a cidade despertou mais cedo, na manhã seguinte, o motivo foi apenas um: saber do resultado da batalha noturna que aconteceu na casa do reverendo Said, cujas faíscas acabaram atingindo todos os lares.

Atrás das janelas, os olhos aguardavam e, quando Karima demorou para sair de casa, uma tristeza profunda se abateu sobre o coração das meninas que viram nela o exemplo mais ousado. Quanto aos pais, muitos ficaram felizes com seu desaparecimento, apesar de alguns não estarem convictos de sua posição, pois sabiam que a vida sempre segue seu rumo, sem esperar por ninguém. A vida não é um trem, um ônibus ou uma carruagem puxada por cavalos; ela é o tempo no qual é preciso montar enquanto corre despercebido — exceto daqueles que estão cientes do valor mesmo da vida.

O relógio da igreja luterana já anunciava as oito e meia quando Karima saiu de casa. Ela teria de andar cem passos, como no dia anterior, para encontrar com seu instrutor, conforme o combinado.

A alegria permeava o coração das meninas vizinhas à igreja, que aplaudiram quando Karima passou pelas casas, que ficavam à esquerda.

Karima chegou ao lugar combinado, mas o motorista não! Vários minutos se passaram, e ele não chegou. O reverendo Said foi obrigado a sair de trás da janela, de onde observava a cena, descer os degraus que levavam ao primeiro andar, sair, caminhar até a filha, pegá-la pela mão e levá-la para longe do centro da cidade.

Ao lado do carro estacionado, o pai, de estatura alta, se virou para o instrutor baixinho e perguntou:

— Por que não foi ao encontro com Karima?

O instrutor ficou encabulado, sabia que uma confissão como a sua a um reverendo não era nada, perto das confissões que as pessoas fazem a ele.

— Não me culpe; o que ouvi em casa nunca tinha ouvido. Minha esposa chegou a me dizer: "Você não encontrou outra moça que não fosse a filha do reverendo Said para estragar...?".

— ... seus modos — o reverendo Said completou, e o motorista ficou em silêncio. — Não se incomode, filho, se usar um carro em vez de um cavalo fosse um sacrilégio, eu teria entendido. Todas as pessoas estão competindo para pegar um carro, e o estranho é que elas só divergem sobre quem o dirige.

A única coisa que vai me fazer esquecer o que você fez com o coração de Karima hoje de manhã quando faltou ao encontro é cuidar de ensiná-la bem, para que ela possa dirigir o carro dela sozinha o mais rápido possível.
— O carro dela!? — perguntou o instrutor, espantado.
— E por que acha que ela procurou você para ensiná-la?

O carro foi dando voltas pelas ruas pequenas e estreitas da cidade, e o reverendo Said sentou-se no banco de trás, observando a maneira como sua filha dirigia, como uma criança aprendendo a andar, que a cada passo que acertava tropeçava duas vezes. Ele podia ver a pequena Karima, a Karima cujas lágrimas cobriam o som do órgão, a Karima que estava aprendendo a andar novamente; mas ele estava confiante de que aquela garotinha que se levantou e andou pela primeira vez sem tropeçar se levantaria e seguiria em frente.

Naquela noite, as conversas giravam em torno do carro que Karima compraria. O modelo, o ano, o estado: novo ou usado, era isso que preocupava as pessoas, como se a questão de aprender a dirigir tivesse se resolvido anos atrás!

UM RETRATO TÍPICO

Alguns rostos fazem com que você sinta que está esculpindo. Outros, que está pintando. Alguns parecem estar em um velório; outros, em um casamento. Alguns o convidam a abraçá-los, outros são familiares e você não deseja deixar a casa onde se encontram; alguns o balançam, outros fazem a pessoa se sentir pesada; alguns parecem estar à sua espera faz tempo, outros querem que você vá embora logo; alguns, você medica, outros, machuca. Alguns são seu avô que morreu jovem, outros, sua avó; alguns são o amado em seus sonhos, outros, a criança que não teve.

O coração de Karima pulava quando chegava a esses últimos dois rostos. Ela sabia que isso podia acontecer: não encontrar um amado e não encontrar o filho com ele. Até mesmo a mãe dela lamentava sua sorte, dizendo que Karima e Katarina eram cópias idênticas dela, e que Lídia foi a única que escapou puxando ao pai. A mãe dizia sempre, com estas palavras:

— Não tem sorte para se casar.

Quando esse assunto vinha à baila, encerrando a todos dentro de uma concha de tristeza, o reverendo Said costumava dizer, brincando:

— Bárbara, não se esqueça de que você se casou com o homem mais bonito da família Duabis Abbud, o mais louro e o mais careca!

O reverendo ria, porém com certa dor no coração, pois sabia que um chiste podia até desenhar uma sombra de alegria nos lábios da pessoa, mas nunca seria capaz de arrancar a tristeza arraigada no coração.

Naquela bela casa em Haifa, a família corria de um lado para outro como se estivesse se preparando para uma festa de casamento; mas era apenas para tirar um retrato. Nas grandes casas, com arcos e desenhos nos quatro lados do teto e no centro dele, Karima ficava confortável, pois havia uma beleza de anos, que não se sabia quem a preservara e a preparara para um retrato que abraçaria um dia o rosto de seus habitantes. Algumas casas eram chamadas por Karima de "casas do sol". Aquela casa era uma delas. Só de entrar você percebia que tudo nela havia compactuado com seus olhos, seu coração e sua lente.

Com calma, ela observava os moradores saírem de um quarto e entrarem no outro. Tudo o que ela havia pedido era que as roupas fossem da mesma paleta. Ela aprendeu, não dos fotógrafos, mas dos quadros dos pintores, que as cores próximas ficam mais harmônicas, sem conflitos; mesmo assim, ela sentia que às vezes precisava mover uma pessoa, com um rosto rosado, bonito, e posicioná-la entre dois rostos pálidos, carrancudos, para dispersar a tristeza daquela parte do retrato, deixando-o um pouco mais alegre.

Não era artificial, pois o retrato, a seu ver, era como um arranjo de flores, que pelas mãos de uma artista podia brilhar, mas que com alguém que não tem consciência do que tem em mãos se transformaria em um conjunto seco que não toca o coração.

O mesmo acontece com a poesia se entregarmos as mesmas palavras a dois poetas; acontece na música, na construção, na fabricação de móveis e na decoração de casas. Karima procurava sempre pelo nome desse fio que perpassava as coisas, tornando-as belas como nunca. Finalmente ela o chamou de "harmonia".

Depois de muito trabalho, Karima tirou a fotografia. Era o retrato típico desejado por uma família palestina de dez membros, de idade e beleza diversas. O menino pequeno parecia ter sido emprestado dos vizinhos, tamanha a disparidade entre a beleza dele e a deles, como se o pai e a mãe tivessem reunido o que havia de mais belo nos dois para ter esse último filho. Quanto ao rapaz que parecia ser o segundo depois da irmã, era o mais inquieto, que apressava os outros, como se o mundo inteiro estivesse à sua espera na soleira da casa, convocando-o. A mãe estava serena, mesmo espiando de vez em quando seu bebê, e ajustando a gola e as pontas do vestido de veludo. O pai, no meio, firme, como um soldado que foi obrigado a se aposentar cedo; calmo, paciente, cheio de sabedoria e força ao lado da esposa.

Karima fez dois retratos da família, e a cada um não escondia seu sorriso, porque não estava tirando apenas uma fotografia, mas admirando uma tela que ela harmonizou com as próprias mãos e com o coração, sempre relembrando a opinião de seu pai quanto à fotografia da família, das pessoas que se tornavam anjos.

No entanto, Karima sabia que eram humanos e que, por mais que se esforçasse, não os transformaria em anjos, a não ser durante aqueles segundos, depois dos quais não conseguiria impedir que corressem em direção à sua humanidade no instante em que tirasse o dedo do disparador.

O chefe de família disse:
— Por que não tiramos outro retrato com roupas pretas?
Karima ficou sem jeito, pois tinha um compromisso em Haifa e já estava atrasada. Olhou para o relógio e o pai compreendeu, mas, antes de falar alguma coisa, o rapaz aflito disse:
— Tenho que sair agora mesmo. — E correu para trocar de roupa.
O pai indagou:
— Podemos fazer isso amanhã?
— Depois de amanhã seria melhor para mim.
— Às dez horas é bom para você?
— Acho que devemos começar mais cedo; precisamos aproveitar a luz do sol por mais tempo e, como sabem, ele permite que os fotógrafos usem sua luz para tirar fotografias, mas não podem impedi-lo de se mover.
O rapaz disse, já de saída:
— Depois de amanhã, melhor.

Ela correu para seu estúdio, localizado na rua Sahiun; rua que tem o nome de uma família palestina cristã, que era a proprietária de vários imóveis ali.[2] O estúdio se localizava no primeiro andar de um edifício de dois andares, cujos

---

2 Entre os membros mais destacados desta família estão: Ibrahim Sahiun, o patriarca da família, que foi vice-prefeito de Haifa durante o mandato britânico; Yussef Sahiun, que foi ministro dos Transportes no governo do Protetorado de Toda a Palestina; e Raji Habib Sahiun, um radialista famoso, que foi secretário do presidente da OLP (Organização para a Libertação da Palestina), Ahmad Chuqairi, quando a organização foi fundada, e tem um livro intitulado *Hatta la nanssa* (Para que não esqueçamos). (N. A.)

donos eram da família Dumit,[3] que ocupava todo o segundo andar.

Do lado noroeste, estava a rua Mar-Yuhanna, onde ficavam a igreja e o colégio com o mesmo nome, dois marcos grudados ao edifício onde se localizava o estúdio de Karima. Não muito longe dali, na rua Azzaitun, que tinha um lugar especial no coração de Karima, estava a sala de cinema Coliseu, que passava filmes mudos e em preto e branco, e ao lado a sala Ein Raad, para exibições cinematográficas e teatrais, em que, anos depois, cantariam Farid Alatrach e sua irmã Asmahan.

Como esperado, o retrato transbordava vida, raramente encontrada em uma única fotografia.

Pendurou os dois retratos, um ao lado do outro, e os contemplou por muito tempo.

---

[3] Um dos membros desta família é o intelectual e escritor Aziz Dumit; influenciado pela literatura alemã, foi o primeiro árabe a ser indicado para o prêmio Nobel de Literatura, na década de 1930. (N. A.)

...E DESCEU RECEOSA

Na manhã do dia seguinte, ela saiu para mais um compromisso. Havia uma manifestação que lotava as ruas. As pessoas protestavam contra o ataque dos judeus e da polícia inglesa aos festejos dos palestinos pela chegada da temporada de celebração do profeta Mussa, que deixara muitos mortos e feridos. O protesto era liderado pelas personalidades mais importantes da cidade, tanto muçulmanas como cristãs.

Karima não havia conseguido dormir bem à noite, apesar da esperança injetada em sua alma pelo que presenciara durante o dia: as pessoas não haviam se calado diante do ocorrido naquela celebração. "Cedo ou tarde, os ingleses haverão de sair de nosso país", sussurrou a si mesma, "de pernas para cima e mãos para baixo", como na fotografia pendurada com dois prendedores, aquela que ela havia tirado dos soldados na praça da Natividade.

Quando Karima chegou à casa da família para tirar o retrato na hora marcada, notou algo estranho, que lhe apertou o coração: homens e mulheres entravam e saíam, e alguns estavam parados na entrada. Tentou adivinhar, mas não conseguiu. Pegou os retratos e desceu do carro receosa de que algo estivesse à sua espera, uma notícia ruim, um grande problema, embora a casa e seus moradores estivessem bem, dois dias atrás, e nada indicasse que algo ruim pudesse acontecer.

Deixou a câmera no carro.

A meio caminho, Karima se lembrou das roupas pretas e se deu conta de que o vestido branco que usava seria um tanto escandaloso; mas não voltou. Caminhou até a porta, e as pessoas abriram passagem. Ela entrou e, antes de perguntar qualquer coisa, escutou a choradeira e os lamentos e viu a mãe sentada com um vestido preto, não o vestido que era para ser usado para o retrato que seria tirado naquele dia.

A mãe levantou o olhar e suplicou a Karima:

— Me dê o retrato.

O coração de Karima ficou apertado. Com a mão trêmula, ela entregou as duas fotografias à mãe, que olhou para a primeira e começou a beijá-la, sem perceber que havia uma segunda.

Naquele instante, Karima desatou a chorar, lembrando de um outro retrato que lhe partira o coração; aquela fotografia antiga em que sua mão apertava outra mão pequenina, a de seu irmão Najib... ela vira a mãozinha escapar da sua e desaparecer...

Não precisou que ninguém lhe dissesse quem havia morrido. Foi o rapaz que estava apressado para sair naquele dia. Karima chorou e repreendeu a si mesma: "Por que não tirei uma fotografia dele sozinho? Como o deixei partir antes de fotografá-lo?". Estendeu a mão para a fotografia que estava entre as mãos da mãe, que a puxou até seu peito.

— Há duas fotografias, senhora.

A mãe então notou a outra fotografia, que não estava molhada de lágrimas, e a entregou a Karima.

Karima contemplou o retrato e suas lágrimas jorraram, molhando a fotografia. Ela viu o rapaz tentando se desvencilhar, querendo sair.

— Ele não queria um retrato com roupas pretas. Preferiu morrer vestido de anjo, com o coração branco, as roupas brancas e o rosto branco, como se quisesse nos dizer: "Se querem usar preto, façam-no sozinhos" — a mãe lamentava, de modo insensato.

Naquela manhã, Karima mudou, e as fotografias que tirava não eram mais sobre um tempo que passava, mas sobre as pessoas que ali estavam. Trabalhou a tarde toda para ampliar a fotografia do rapaz e obteve um resultado razoável. Levou-a à loja de molduras da rua Almuluk e pediu a seu dono que a enquadrasse.

O homem reconheceu o rapaz, cujo nome constava no jornal *Alkarmel* daquela manhã como um dos que morreram no ataque aos que festejavam o início da temporada de celebrações do profeta Mussa.

— Fica pronta em uma hora — o homem disse a Karima.

— Se não se incomodar, vou esperar o senhor terminar. Não quero sair daqui e deixar esse rapaz para trás outra vez.

O homem lhe ofereceu um lugar para se sentar. Ela ficou olhando as fotografias nas paredes. Muitas eram de famílias, de crianças, de adultos, de homens e de mulheres, e se perguntou quem estaria vivo e quem já morrera. Observou paisagens. E havia uma grande imagem no centro da parede, de frente para a porta, muito bem-feita, que tinha uma aura. Era a imagem da Virgem Maria carregando Jesus, que também não se salvou.

Não soube quanto tempo se passou antes de o homem anunciar:

— A fotografia está pronta.

Olhou-a emoldurada e lamentou ter que colocá-la atrás de um vidro. Sentiu que o rapaz ficaria preso ali. Por um segundo, passou por sua cabeça pedir ao homem que retirasse o vidro, mas mudou de ideia, considerando que uma fotografia como aquela viveria entre a mãe e os outros membros da família por um longo tempo, e era melhor que estivesse protegida, que a poeira não alcançasse o rosto daquele cuja vida foi tirada pelas balas.

Quis pagar ao homem, mas ele se recusou a receber, sacudindo a cabeça sem dizer nada.

Karima foi embora.

No caminho para Jerusalém, as perguntas rebentavam em sua cabeça feito ondas: o que acontece com a harmonia da fotografia quando a morte leva um ente querido? Continua sendo uma fotografia após sua ausência? Torna-se o retrato de quem estava com ele? Ou apenas o retrato dele? Além disso, onde estaria o fotógrafo? E onde estaria ela agora, que tirou essa fotografia? Para onde iriam eles depois de terem terminado seu trabalho?

Na noite de 6 de julho, quando Karima chegou aos arredores de Belém, ficou surpresa com a quantidade de pessoas que acenavam para que regressasse! Ela então parou. E, antes de tentar saber o porquê, elas lhe disseram:

— Hoje foi decretado estado de sítio. Cartazes foram colados nos muros dentro e fora da cidade, avisando que é proibido transitar sem uma permissão por escrito do governador militar.

Karima ficou parada, sem saber o que fazer. Algumas pessoas a convidavam gentilmente para ficar em sua residência, enquanto ela buscava na mente um caminho para chegar em casa sem ter que entrar no centro da cidade. Enfim encontrou. Tudo o que precisava fazer era seguir por uma rua de terra tortuosa e alcançar a casa pelo lado noroeste. Karima corria contra o tempo. Era fim de tarde, e ela ainda podia se mover sem que ninguém a visse, mas, depois de o sol se pôr, seria obrigada a acender os faróis do carro, arriscando ser detida ou alvejada por tiros.

Agradeceu a todos que a rodeavam e partiu, tentando chegar em casa antes que o sol sumisse no horizonte a oeste.

ÁGUAS PRETAS

Bárbara acordou no meio da noite de 12 de agosto de 1921 ofegante e banhada em suor. Não pôde suportar aquele pesadelo. Estava de pé na margem de um rio de águas pretas que giravam em redemoinhos. Avistou uma garotinha de cabelos dourados e vestido branco que se aproximava da margem. Gritou para ela: "Bárbara, volte!". Ficou confusa, a menina tinha seu nome, mas ela não atendeu; Bárbara continuou a se aproximar da margem e a chamar. Mas a menina não escutou, embora tudo estivesse quieto como a escuridão da água.

Bárbara tinha que fazer algo para salvar a garota, qualquer coisa. Gritou mais uma vez, mas a menina não parou nem se virou. Bárbara tentou se mover, não conseguiu, seus pés estavam atolados em um lodo pesado. Gritou pela terceira vez; só então a garota se virou. O coração de Bárbara quase saltou do peito, pois era ela mesma, tinha seu rosto, o rosto da mulher que ela se tornou depois de ter tido aquele rosto de menina. E, quando ela gritou mais uma vez, a menina já tinha enfiado um pé dentro da água e caído. Um redemoinho a puxou para o centro. A menina girava como se estivesse dentro de um moinho gigante, que a destroçava. Bárbara, ainda na margem, gritou, estendeu a mão, mas em vão: a garota que gritava por socorro desapareceu.

Bárbara, em sua cama, também gritou, e o reverendo Said acordou:
— O que houve?
— Minha alma se afogou! Vi minha alma se afogar.
Antes que ele dissesse algo, ela deixou a cama e foi em direção ao quarto das meninas, que acordaram assustadas.
— Karima, traga a câmera e me siga até o quarto de Karim.
— O que foi? Aconteceu algo com ele?
— Não, eu quero que o fotografe.
— Agora?!
— Agora!
Karima percebeu que a situação não permitia nenhuma discussão. Levantou-se depressa, dizendo:
— Só um minuto.
Quando chegou ao quarto do irmão, escutou o grito que teria preferido morrer a escutar.
Karim estava morto. A mão dele tapava a própria boca. Por anos a fio, Karima se lembraria daquela cena, que imprimiu em seu coração uma imagem mais nítida que a de qualquer fotografia que ela tenha tirado na vida. Estava tentando abafar sua tosse? Ou impedir seu espírito de se elevar antes de o sol raiar, para poder se despedir de sua família?

Depois de sete longas noites de silêncio absoluto, Bárbara escutou uma tosse forte ecoando pela casa. Levantou-se, apalpou a escuridão em torno dela, certa de que estava sonhando, mas não estava. Tosse forte, aguda. Sussurrou, e o reverendo ouviu: "Karim?!".

Ninguém respondeu. O reverendo escutou a tosse aumentar, seu coração se apertou. Levantou-se, pedindo a sua mulher que voltasse para a cama. Ela não obedeceu e foi atrás dele repetindo: "Karim?! Karim?!".

Antes de chegar ao quarto vazio, percebeu que a tosse vinha do quarto das meninas. O coração do reverendo caiu outra vez, e ele entendeu que a doença sinistra que deixou sua casa com a partida do filho nada mais fez do que conduzi-lo ao túmulo para depois voltar, buscando outro corpo para habitar. Katarina tossia e Karima e Lídia tentavam acalmá-la, abanando o ar a seu redor com dois pequenos leques cujas rosas estampadas haviam perdido todo sentido.

Na manhã seguinte, o carro de Karima estacionava na frente de uma casa de onde um médico saía. Após meia hora em pé na companhia da enferma, na presença do reverendo Said, ele saiu do quarto. O reverendo o seguiu até a porta de casa. E, naquela manhã quente como o sol do meio-dia, o reverendo sentenciou: "É a tuberculose, de novo".

Katarina foi a primeira a ser contagiada, mas resistiu. Da mesma forma que resistiu à ira fortalecida da mãe, que enlouqueceu, gritou, chorou, bateu no peito do reverendo Said, como se fosse uma porta de salvação, correu entre os quartos da casa e acabou no jardim. E, quando escutou o motor de um veículo se aproximar, abaixou-se, pegou uma pedra, correu até a pequena área na frente da porta da igreja e esperou, acompanhando com o ouvido, o veículo passar por baixo de onde estava. Então atirou a pedra e gritou: "Isto é por Katarina". A pedra voou e atingiu com força a parte de trás do veículo — era uma pedra grande e fez um barulho igual ao de uma bomba. O condutor se atrapalhou todo, mas finalmente dominou o veículo, antes de bater em uma corrente. Os soldados britânicos desceram com os rifles em riste.

Mas isso não deixou Bárbara satisfeita, não acalmou sua ira nem calou suas perguntas.

Sua desconfiança de tudo e a procura por um motivo para as desgraças que se abateram sobre sua casa exauriram seu coração, transformando Bárbara em um ser duro, de quem ninguém se salvou. Ao mesmo tempo, Lídia foi ficando cada dia mais rebelde, como se desafiasse tudo depois de ter descoberto que a bactéria da tuberculose se infiltrara no peito da irmã.

Lídia, a jovem de quinze anos, se rebelou, como se declarasse que não estava pronta para morrer. Cortou o cabelo, o que adicionou à lista da mãe mais um motivo para as desgraças que a perseguiam. A mãe gritou na sua cara: "A filha do reverendo Said e da professora Bárbara querendo parecer uma prostituta!".

De noite, Bárbara concluiu que os ingleses eram os culpados, porque Lídia não cortou o cabelo antes de Karim adoecer, tampouco antes de Katarina adoecer.

Contudo isso não a deixou inteiramente aliviada.

VENTOS *POST MORTEM*

A casa ficou triste, mais que nunca... Depois que a morte e a loucura levaram três filhos e a doença se apoderou do corpo de Katarina, a vida só podia ficar perturbada — e com ela, todas as almas.

Bárbara ficou mais revoltada e, enquanto estourava com quem restou dos membros da família, e pelos motivos mais insignificantes, Lídia admoestava tudo ao redor: o inverno, o verão, a primavera, o outono, as janelas, as portas, o caminho, onde começava e onde terminava; repreendia a terra e suas criaturas, as aves, as estrelas, o sol e a noite.

A menina mais delicada estava se consumindo. Enquanto Karima encontrara na câmera uma companheira a quem podia dizer qualquer coisa, uma companheira que preservava vivas as pessoas nas fotografias, o violão de Lídia havia se transformado dia após dia em um ser mudo, rígido, sem canções nem melodias. Lídia, cuja mágoa foi se alargando com o passar dos dias ao ver a família se esvair por entre seus dedos para uma ausência sem volta, adotou enfim a escrita como refúgio, para expressar o que não conseguia dizer a mais ninguém, cuidando para que ninguém visse o que ela escrevia. Não queria revelar a ninguém a imagem de sua alma, que se equilibrava, sobre um fio tênue, entre a certeza e a dúvida, enquanto repreendia a terra e o céu.

Karima fotografava, e seu nome começava a ecoar em todas as cidades palestinas. Ao mesmo tempo, ela seguia sua pesquisa, queria ver todas as fotografias tiradas pelos fotógrafos anteriores a ela e descobrir o que já tinha sido feito e o que ainda faltava fazer. Não bastava a ela ser uma fotógrafa — o que já a distinguia dos outros. Almejava ser uma excelente fotógrafa profissional no meio dos profissionais; não queria que suas fotografias fossem menos valorizadas que as deles e desejava fotografar o que eles não conseguiam, o que seus olhos não captavam.

Karima sabia que não travaria suas batalhas com o desconhecido, como faziam Lídia e sua mãe, mas sim com a realidade, que para ela, por mais que se multiplicasse, estava reunida e personificada em um retrato, o retrato que ela captava com toda a sua emoção.

Familiarizou-se mais com o trabalho do fotógrafo armênio Issay Garabedian, que viajou da Ásia Central para Istambul e depois até Jerusalém, tornando-se mais tarde o patriarca da Igreja Armênia. Esse fotógrafo excepcional, cujo posto religioso não lhe permitiu praticar aquilo de que mais gostava, consolava-se com o fato de ter fundado uma escola de fotografia e de vários de seus alunos terem se destacado como fotógrafos. Karima conheceu as fotografias de Garabedian — que abriu no início dos anos 1880 o primeiro estúdio fotográfico em Jerusalém, fora de Bab-Alkhalil — e depois se familiarizou com os trabalhos dos alunos dele, como Khalil Raad, o primeiro fotógrafo palestino, Issa Assawabni e Dawud Sabukhi, e também com as fotografias dos irmãos Louis e George Sabunji que chegavam de Beirute.

Karima bebia de cada fotografia. Considerava Raad, Grigorian e Safidez, de Jerusalém, seus mestres, além de Assawabni, de Yafa. No entanto o que mais a intrigava nas fotografias tiradas pelos estrangeiros era a presença do lugar e a ausência do ser humano, e a insistência em matar a beleza do lugar tirando--lhe a vida que latejava nele.

Karima foi para longe, para Beirute, em busca de algo que lhe faltava, mesmo sabendo que existia dentro dela. Estava ciente de que cada fotógrafo que conheceu, cada retrato, cada rosto e cada lugar em que estacionava seu carro, tudo sinalizava um novo caminho que ela precisava abrir sozinha para alcançar seu sonho.

Três anos depois da morte de Karim, ela já tinha optado pela fotografia. A câmera a salvou e a ajudou a permanecer viva, vendo, ouvindo, contemplando, se movendo... Não fosse a câmera, estaria atada ao lado do espírito de sua mãe, sofrendo por todas aquelas tragédias cujos fantasmas habitavam cada canto daquela casa. Karima percebeu que o que ela fazia tinha criado um fio de esperança ao qual se apegou o reverendo Said, que disse a si mesmo, antes de declarar aos outros: "A vida ainda corre por esta casa". O reverendo Said, quando desaparecia do lado dela, era porque tinha ido tocar o órgão da igreja.

E Karima... trabalhava cada vez mais para deixá-lo feliz ou para encontrar a si mesma? Ou para impedir sua alma de se esvair?

A única coisa que a apavorava era que algo de ruim acontecesse a seu pai.

Toda vez que Karima queria se lembrar de um rosto, voltava à fotografia em que segurava a mãozinha de Najib, à primeira fotografia que tirou da família, à fotografia do jovem que foi morto, que ela destacou, ampliou e enquadrou; à fotografia de Lídia tocando violão, tendo no rosto o sorriso mais bonito de toda a família.

Muitas sumiram, como sumiu o sorriso de Lídia desde a morte de Karim.

Em uma noite de dezembro de 1924, Karima sussurrou, como se falasse consigo mesma:

— Ausência e fotografia não se juntam.

— O que disse? — o reverendo Said perguntou, erguendo os olhos do caderno onde anotava os provérbios populares palestinos.

— Ausência e fotografia não se juntam.

— Sim, eu escutei... e sempre temo seus exageros.

— Não, não estou exagerando, mesmo sabendo que a fotografia é mais poderosa que o nome. Nossa imagem é mais forte que nosso nome. Por mais belo que seja um nome, pode não fazer você recordar bem de todas as feições de quem o porta, mas uma única fotografia é capaz de fazer você ver vinte rostos, cinquenta, e quem sabe, no futuro, até mesmo mil rostos. Às vezes, sinto que o nome murcha logo que o espírito abandona o corpo e se transforma em letras tristes enroladas sobre si, que vão se apagando da memória das pessoas, mas a fotografia é totalmente diferente; torna-se cada vez mais poderosa toda vez que olhamos para ela, por mais que o tempo passe e ela fique mais antiga.

— Sabe, Karima, acho que não há aprendizagem melhor que aquela que a pessoa adquire de sua profissão se tiver os olhos e o coração abertos. Sendo professor, no início desejei muito que você fosse professora; eu, Said, dou uma risadinha toda vez que me lembro de quando você decidiu mudar de profissão.

O reverendo se distraiu, imerso em seus pensamentos, e Karima não soube para onde o levaram. Não encontrou outra forma de trazê-lo de volta a não ser passando a ele um exemplar do jornal *Alkarmel*.

— O que tem aí?

— Uma surpresa, algo que vai deixá-lo feliz.

O reverendo então folheou o pequeno jornal de quatro páginas até encontrar um anúncio bem visível. Foi varrido por uma onda de alegria repentina, que levou lágrimas a seus olhos. Mas Said tentou controlar sua emoção.

[4]

---

4 "Fotógrafa nacional: Karima Abbud. Logradouro: Dar-Dumit. Única fotógrafa nacional na Palestina. Aprendeu a arte pelas mãos de um dos fotógrafos mais famosos e se especializou em atender às senhoras e às famílias com preços idôneos e alto profissionalismo. Atende às senhoras que preferem tirar seus retratos em casa, diariamente, exceto aos domingos." (N. T.)

Ele estendeu a mão para segurar a de Karima e disse:

—Você demorou bastante para publicar este anúncio, mas o que me conforta é que, como fotógrafa, você nasceu e cresceu bem antes dele. Quando eu morrer, terei um sorriso enorme no rosto, sabe por quê?

— Por quê?

— Não por ter lhe dado a liberdade, mas por você tê-la arrancado de todos.

NOVO BATISMO

Desde que começou a fotografar, passava pela cabeça de Karima, de vez em quando, quem seria o fotógrafo que tiraria seu retrato pessoal e oficial, aquele que ela usaria mais do que os outros.

Karima sabia que não podia, ela mesma, tirar uma fotografia dessas, apesar de ter sonhado com uma câmera que pudesse fazer isso. Ficar de pé, organizar as coisas de frente para a câmera e, com um estalo de dedos, tirar a fotografia que desejava. Mas a coisa não era tão fácil, pois precisava pôr a cabeça dentro do pano preto da câmera, se enxergar de cabeça para baixo e depois, do lado da câmera ou mesmo de dentro do saco, apertar o disparador.

No caminho para o seu estúdio em Dar-Dumit, sentiu que não estava indo até lá para fotografar seus clientes, tinha outro propósito: ficar na frente da câmera, não dentro dela, nem de lado nem, menos ainda, atrás.

Um fotógrafo chamado C. Sawides,[5] de Haifa, foi o escolhido por ela. Karima não sabia como explicar a ele as

---

[5] Não se tem informações precisas sobre Sawides, mas o carimbo que está na foto de Karima, considerada por ela como oficial, traz o nome Sawides. (N. A.)

características da fotografia que desejava de si, pois seria uma agressão à sua maestria, arte e larga experiência.

Ela mesma ficava incomodada quando alguém começava a tirar fotografias de si próprio antes que ela o fizesse — o que às vezes acontecia.

Um dia, ela estava em Jerusalém quando um dos jovens da família que iria fotografar começou a mudar os móveis de lugar, arrumar as cortinas e até a definir a distância entre as pessoas e a câmera. Era um rapaz instruído, que se formara em medicina em Istambul, e não parava de falar de fotografia e dos fotógrafos turcos, de quão habilidosos eram. Disse como se estivesse se dirigindo a todos: "Não se esqueçam de que lá eles exigem que os fotógrafos sejam excelentes, pois é a capital do Estado, Istambul, não é Jerusalém ou Haifa!".

Naquele dia, Karima fechou o tripé da câmera, olhou para o chefe de família e disse: "Peço desculpas, mas acho que não vou poder fotografá-los".

Não foi difícil para ele entender a razão, ele que sacudia a cabeça concordando com o filho. Karima não sabia, porém, que ele não estava concordando com o filho, pois nem conhecia os fotógrafos turcos; abanava a cabeça apenas por estar orgulhoso, pois havia pouco tempo o filho era uma criança e lá estava ele agora falando com segurança sobre Istambul e seus fotógrafos.

Karima não voltou atrás em sua decisão, pois se o fizesse acabaria tirando uma fotografia ruim que não a representaria e em cujo verso não estamparia seu carimbo. Seria uma fotografia órfã, sem origem — mesmo que soubesse que era ela a mãe e o pai.

Há males que vêm para o bem.

Depois daquele dia, Karima ficou de mau humor por uma semana, mas o ocorrido acabou confirmando o domínio absoluto que tinha sobre a fotografia que tirava. Karima passou a controlar aquela pequena área onde se enfileiravam os soldados que obedeciam à sua comandante. Mais tarde, Karima deixou de usar essa metáfora de soldados e comandante, pois viu nela um rigor não suportado pelo sol, com o qual desenhava os rostos e os lugares. Disse a si mesma: "Como o médico, então". Mas as pessoas que ela fotografava não eram doentes, apenas queriam ter momentos felizes, que o tempo não poderia lhes roubar. Como qualquer artista, escritor ou músico. É verdade que há um motivo por trás de cada fotografia tirada, mas o objetivo final de cada uma era ser bela... e singular.

Assim que Karima parou o carro na frente da porta do estúdio do fotógrafo C. Sawides, ele a avistou por trás da vitrine repleta das melhores fotografias de sua autoria. Segundo ele, fazia como todos os fotógrafos: pedia autorização a seus clientes para expor aquelas fotografias nas paredes do estúdio ou na vitrine.
— Srta. Karima! Muito bem-vinda!
— Muito obrigada, sr. Sawides.
— O que acha, já que chegou até aqui, de assumir o estúdio, pois não há ninguém mais merecedor e, como pode ver, Sawides já está de cabelos brancos.
— O senhor é nosso mestre; ninguém pode ocupar seu lugar.
— São belas palavras que deixam o mestre contente, mas consegue de fato provar o que diz?

— Mesmo sem necessidade de provar, digo que, de todos os fotógrafos, escolhi o senhor para tirar minha fotografia oficial.

— É uma grande honra para Sawides fazer o retrato da primeira fotógrafa palestina que fez o mundo da fotografia mencionar sua arte e seu pioneirismo.

— A honra será toda minha se ele aceitar fazer o retrato de sua discípula.

O mestre percebeu que estavam conversando ainda na calçada.

— Entre, entre, por favor — indicando gentilmente o caminho.

Karima se sentou e começou a olhar as paredes repletas de belos retratos de pessoas de todas as idades.

— A senhorita tem alguma ideia específica em mente? Uma determinada posição, luz; ou um fundo particular para o retrato?

— No momento em que atravessei a porta, deixei de ser fotógrafa. Fica tudo a seu critério.

Por mais de um motivo, o mestre Sawides pretendia mesmo fazer as sugestões, pois queria muito que Karima adotasse o retrato como o seu oficial. Escolhê-lo para fotografá-la, estando ela no auge da fama, significava que as portas seriam abertas e as pessoas viriam para ser fotografadas por ele; afinal foi Sawides quem fez o retrato de Karima Abbud!

— A senhorita está dificultando as coisas para mim.

— De forma alguma, porque qualquer fotografia que o senhor tirar será bela, apesar de eu não ser bela como suas clientes — disse Karima, apontando o retrato de uma linda mulher pendurado na parede.

— Ao contrário! Você é a mais bonita de todas!

— Vamos voltar ao retrato, é melhor que todos esses elogios! Eu sei que tirar uma fotografia minha é um grande desafio para me fazer parecer de fato bonita.

O mestre Sawides entendeu que precisava ser breve, pois realmente ele a estava lisonjeando mesmo sabendo que todo rosto tem uma beleza particular e ciente de que alguns dos mais importantes retratos tirados por ele não eram de pessoas com rosto belo, mas sim expressivo e marcante, em que a luz parecia precisar se aliar à sua inimiga, a sombra, para controlar seu desembaraço e ser mais presente nas rugas da face.

Quando Sawides lhe disse para se posicionar naquele espaço apertado, reservado para os retratos, já tinha desenhado tudo em sua mente.

A luz incidiria direto no rosto de Karima, e a estrutura da câmera dela ficaria de seu lado esquerdo, envolvida por uma leve sombra, com um pouco de luz na lente da câmera, a fim de que as porções de luz estivessem bem distribuídas entre a lente e o corpo de Karima, conferindo profundidade à fotografia. E, para que fosse um retrato vivo, ele lhe pediria que segurasse com a mão direita o disparador da câmera, como se ela estivesse tirando a fotografia dele, e não o contrário. Assim seu retrato teria movimento, não seria algo estático.

Naquela tarde, Karima sentiu pela primeira vez o toque diferente da luz em sua pele. E, quando o mestre Sawides lhe pedia que ajeitasse a posição da cabeça ou lançasse um olhar satisfeito, insinuando um sorriso confiante, ela sentia a luz passar pelo rosto e penetrar na pele, redefinindo-a.

Ela era como uma massa de argila nas mãos de um oleiro habilidoso.

Naquela noite, ao admirar o retrato posicionado diante dela, não foi difícil perceber que o mestre Sawides a fotografou usando quatro olhos: os dele e os dela. Também não foi difícil perceber que o mestre compreendera cada fotografia que ela tirara, pois havia uma distribuição das porções que ninguém sabia fazer como ele; e havia delicadeza, simplicidade, bondade e a luz que ninguém sentia como ela.

O mestre conseguira enviar a Karima uma mensagem oculta de admiração por sua arte, quando usou seu estilo de fotografar para retratá-la, sem confessar isso abertamente.

Mas havia coisas que, quanto mais ela tentava ocultar, ficavam mais evidentes.

AS CONCHAS

Na época em que Bárbara lutava com sua tristeza por causa da tuberculose que passou de Karim para Katarina, seu coração estremecia com as notícias que às vezes escutava, e com o que outras vezes sentia e via, referentes ao estado de Mansur, o único filho homem que lhe restara.

Seus passeios se restringiam ao caminho entre a casa e o Orfanato Armênio luterano que mais tarde seria chamado de Hospício. Uma viagem diária, que não durava mais de dez minutos a pé, os minutos mais longos de sua vida.

Na ida, tinha sempre esperança de escutar boas novas, o que a deixava um pouco animada, mas na volta o caminho ficava mais longo, a ponto de o cemitério lhe parecer mais próximo que sua casa, sobretudo quando passava ao lado da caserna dos soldados ingleses, na praça da Igreja da Natividade. Ela se imaginava cometendo atrocidades contra eles, sem entender: "Por que a instalaram bem na porta da igreja? Queriam com isso dizer que só conseguiremos chegar ao Senhor se eles permitirem?!".

Em seguida, pedia perdão; olhando para os céus, sussurrava: "Me perdoe".

A fratura nas costas de Mansur, causada pela queda do campanário, transformou-se em algo parecido com uma corcunda e seu corpo se arqueou um pouco. Dia após dia, Bárbara percebia que ele se afastava e que não voltaria nunca a ser aquela criança de rosto cheio de vida, que saltitava feito um passarinho. Seu corpo crescia a olhos vistos, mas sua mente não tinha espaço para nada deste mundo que se movia em torno dele.

Bárbara sabia que Mansur não voltaria para ela e não parava de pedir ao reverendo Said uma solução. Durante anos não hesitou em buscar consultas, até mesmo com dois médicos alemães que visitaram Belém, com um intervalo de dois anos entre eles, e foram examinar Mansur.

A direção do Orfanato não se opunha nem se incomodava com isso, pois a relação do reverendo com seus membros era sempre boa e cordial. Contudo a conclusão a que chegaram os dois médicos foi a mesma, um triste diagnóstico. O segundo médico chegou a abreviar sua visita a Belém e voltar para Nazaré no carro de Karima, que insistira em levá-lo pessoalmente, quando ele sentiu que se tornara um hóspede inconveniente para Bárbara, devido à sua franqueza sobre o estado de Mansur. Suas palavras diretas fecharam as últimas portas de esperança diante dos olhos dela.

Karima, que falava bem alemão, inglês e árabe, estava constrangida; não sabia o que dizer para se desculpar, apesar de dominar as três línguas. O que atenuava um pouco seu constrangimento era fingir, enquanto dirigia, que estava contemplando a natureza, que se preparava para renascer para mais um ciclo naquele fim de março.

O esguio médico alemão de olhos azuis viajava apertado entre o banco e o teto do carro; quem o observasse de fora perceberia uma protuberância na cobertura de pano. O médico não conseguia se virar para olhar os três lados para onde Karima olhava e se contentou com a vista da frente.

O carro estava apertado para ele, e o mundo também, devido ao ocorrido. Depois de uma hora de viagem, Karima precisava quebrar a concha de silêncio que os envolvia:

— Peço ao senhor que releve a grosseria de minha mãe; Mansur é o único filho homem que lhe restou, pois não foi apanhado pela morte no dia em que caiu do campanário. Talvez fosse menos cruel se tivesse morrido, quem sabe! O senhor chegou a ver Katarina... seu estado mete medo em todos nós. Há uns dias, ela me disse: "Que Deus me perdoe, eu os deixei em uma situação tal que não podem escapar de mim nem eu de vocês". Ela se considera uma assassina! Como se não fosse vítima de outra vítima, uma vítima boa que não quer fazer mal a ninguém. Ela tem medo de que a mãe seja a primeira de suas vítimas, pois só sai do lado dela quando vai visitar Mansur. Talvez minha mãe esteja confusa porque tem ciência disso. Eu mesma não consigo fazer mais nada, e as coisas estão piorando, embora eu seja a mais sortuda, pois, pelo fato de eu ter um carro, posso dirigir e ir para longe de casa e encontrar uma oportunidade para olvidar. Mas admito que nunca mais poderei esquecer, pois toda fotografia que tiro de uma família me faz lembrar a família que está por trás de mim, a família cujos filhos secam e caem como folhas no outono, sem a esperança de uma primavera vindoura.

Karima segurou as lágrimas que quase lhe escapavam para as faces. A vista ficou nublada e o caminho também.

Naquele instante, o médico sentiu que ele não fugiu porque ficara com bronca da mãe, que passou a tratá-lo como se ele tivesse agarrado seu filho e o arremessado do casulo, mas por causa da dor que comprimia tudo na casa do reverendo Said.

— Para ser honesto, não sou muito diferente de você, embora não seja tão corajoso, com certeza. Você foge da dor para voltar a ela, mas, quando eu fugi da dor, não pensei sequer uma vez em voltar.

A casa, que parecia apertada para Bárbara, Said e Lídia, ficou ainda mais apertada para Katarina. As notícias de sua doença se espalharam, bloqueando totalmente os caminhos de esperança por uma vida nova; seu sonho de sair noiva daquela casa, se casar e ter filhos desapareceu para sempre.

Tudo o que Katarina pôde fazer para se redimir por ser uma assassina, morando entre suas vítimas — que lhe ofereciam o coração antes do pão e a luz dos olhos antes da luz do lampião —, foi pedir a Lídia que não se aproximasse de seu quarto. Essa era a única forma de protegê-la.

Lídia ficou aborrecida, recusou, disse que não deixaria a mãe fazer todo o trabalho enquanto ela só olhava, mas Katarina insistiu e não aceitava mais comer ou beber qualquer coisa que Lídia servisse, mesmo sabendo que isso a levaria à morte.

E outra vez Bárbara se viu no meio de uma tempestade cujos ventos sopravam de lados opostos. Munida da paciência de mãe e da dedicação aos filhos, afastou Lídia e decidiu carregar sozinha o fardo de Katarina e da doença dela.

Felizmente, havia certos dias em que a doença parecia regredir, desaparecer, e o rosto de Katarina ficava rosado, despertando nela uma esperança. A primeira coisa que fazia era pedir desculpas a Lídia e lhe agradar, mas sem se aproximar dela. Katarina sabia que sua doença era mortal, e não uma simples enfermidade. Sabia que era elusiva, má e que na verdade não regredia nem desaparecia, apenas simulava, ficava à espreita do momento em que Katarina se aproximasse de Lídia, para se lançar feito facada, atravessando-lhe os pulmões.

Mesmo naquelas noites mais calmas, quando não a escutavam tossir, eles acordavam com seus gritos produzidos por pesadelos: "Corra, corra, Lídia; ela vai matar você, corra!".

No quarto ao lado, Bárbara acordava, pegava o marido pela gola e, alucinando, perguntava:

— Por quê? Por que não fala com Ele? Por que não pede a Ele que nos poupe dessa chaga que está nos matando, um após outro? Por quê?

Naquela noite, o reverendo chorou como nunca na vida.

CELEBRAÇÕES INCOMPLETAS

Era por ser Lídia a caçula que Katarina temia por ela? Por ser Lídia a menina que Katarina desejaria ter tido? Era por isso que acordava assustada toda vez que pressentia o perigo se aproximar daquela menina delicada? Ou porque sabia que, se alguma coisa acontecesse a Lídia, sua mãe enlouqueceria de vez e logo morreria?

A cabeça de Katarina fervia, também seu coração e as ruas lá fora, pois a revolta de Aljalil, vizinha a Belém, tinha abalado a Palestina, e a execução de Muhammad Jamjum, Fuad Hijazi e Ata Alzir atiçou mais ainda o ânimo das pessoas.[6]

Os sermões mudaram. O reverendo Said, que falava de política apenas nos encontros com os amigos e conhecidos,

---

6 Muhammad Jamjum nasceu, em 1902, em Alkhalil, onde iniciou seus estudos, que depois completou na Universidade Americana de Beirute. Fuad Hijazi nasceu, em 1904, na cidade de Safad, norte da Palestina, onde recebeu sua educação primária, e depois estudou no Colégio Escocês, completando sua formação na Universidade Americana de Beirute. Ata Alzir nasceu, em 1895, em Alkhalil; além de ter tido várias ocupações, trabalhou na lavoura. Os três mártires estiveram ativamente envolvidos na revolução de Buraq, de 1929, contra os sionistas. O governo mandatário aprovou a sentença de morte, e eles foram executados, em 7 de junho de 1930, na prisão da cidadela em Akka, apesar dos protestos generalizados. O poeta popular Nuh Ibrahim escreveu uma elegia, que ficou famosa, aos três condenados, e foi a eles que Ibrahim Tuqan [irmão da poeta palestina Fadwa Tuqan] dedicou seu poema "Terça-feira vermelha". (N. A.)

passou a incluir em cada sermão o tema da situação do país, o que estava acontecendo, quem tinha sido assassinado e o que a imigração judaica traria de tragédias.

Katarina acompanhava o que acontecia lá fora pelo rádio Philips da família — a melhor ave para trazer as notícias de todos os cantos do mundo.

As conversas sobre a necessidade de as pessoas se levantarem para proteger seu país injetaram, no corpo cansado de Katarina, uma força inesperada; os pesadelos sumiram e aquela tosse funesta, mais parecida com uma mão diabólica que a atravessava querendo lhe arrancar as costelas, os pulmões e o coração, diminuiu. A mudança de casa também ajudou. Comparada com as casas comuns, esta era um palacete: colunas de mármore, frente de pedra, portas e janelas largas em todos os cômodos. A casa ficava a cinco minutos de caminhada da igreja. Era uma casa alta, e os ventos que arejavam seus cantos, em todas as estações, encheram o peito de Katarina com vida nova.

A única coisa que lhe causava muita dor era a percepção de que a ira dela e de sua mãe contra os ingleses não era pura como deveria! Pois não se manifestava pelos crimes cometidos lá fora, apenas pelos cometidos dentro de sua casa.

Ela disse isso a Karima, como se a ira fosse uma fé, imaculável. E Karima, dando-lhe um tapinha gentil no ombro, disse:

— Mas qual é a diferença entre um crime que eles cometeram dentro de sua casa e um crime cometido na rua?

Naquele tempo, movimentar-se ficara cada vez mais difícil para Karima, e a última coisa em que as pessoas pensavam era em tirar seus retratos. Por isso, Karima começou a fotografar as pessoas de casa. Mas o que mais ocupava seus pensamentos naqueles tempos de morte e perigo era ter um bebê. Ela mesma não compreendia por que tal ideia era tão insistente e forte. Talvez por estar com trinta e seis anos e por temer que seu corpo desistisse dela, fazendo-a abandonar o sonho de se casar e ter filhos. Ou porque o volume de mortes, que passou a cercar e ameaçar tudo o que era vida, não era fácil de ser derrotado a não ser com uma nova vida naquela casa. Ela acreditava que a mãe esqueceria metade de suas tristezas se visse um neto. Bárbara não mostrava nenhuma melhora; ao contrário, sua tristeza aumentava com o passar dos anos. Apesar de tudo, ela insistia em celebrar o aniversário de Mansur; levava até o hospital um bolo grande, ao qual se dedicava durante um mês inteiro, querendo surpreendê-lo sempre com algo novo, mesmo sabendo que ele não se lembrava de nada que se passou nem reteria nada de novo. Nesse dia, ela lhe levava roupas elegantes e cuidava para que Karima tirasse deles várias fotografias.

No ano de 1930, Mansur fez vinte e sete anos. Ela levou para ele um bonito terno azul-marinho, que insistira em comprar apesar da objeção do reverendo Said — afinal, a situação geral não estava propícia para celebrações. Bárbara reagiu ao marido: "E quando seria o tempo adequado para comprar um terno para meu filho?".

Às cinco horas da tarde daquele dia, a família entrou no carro de Karima e seguiu em direção ao belo e enorme edifício do Orfanato Armênio. O carro subiu e desceu devagar a rua de terra da igreja antes de começar a descida até o centro da cidade.

Mas a aparência festiva que todos exibiam não alcançou os lábios nem menos ainda o coração deles!

Mansur estava sereno, como se soubesse que aquele dia era diferente dos outros e que qualquer comportamento inadequado que partisse dele lhe tiraria aquela alegria misteriosa que sentia sem saber o motivo.

Bárbara apareceu com Mansur a seu lado. De terno novo, elegante, ele parecia um noivo, era como se as roupas novas fossem mágicas e atribuíssem mais serenidade a seu rosto; seu porte parecia mais reto, como se nunca tivesse caído do campanário.

Karima introduziu a cabeça no saco de pano preto para tirar uma fotografia, como se estivesse se escondendo de uma tristeza que soprou de repente. O reverendo percebeu que a filha não retirou a cabeça como fazia sempre quando os fotografava, mas não se atreveu a deixar seu lugar. Quando finalmente tomou coragem e se mexeu, Karima lhe disse para não se mover, então ele voltou a seu lugar.

Ela precisava tirar a cabeça de lá, e o fez. Então deu as costas e foi caminhando até o portão do Orfanato.

Uma sombra tristonha semelhante a ela a seguiu.

No início do mês de agosto daquele ano, chegou do Líbano o comerciante Yussef Fares, que perdera sua esposa depois que ela lhe deu um filho.

Yussef, cuja família conhecia bem a família de Karima, não chamou a atenção dela. Ele era frívolo, a tristeza não conseguiu apagar seu desejo de diversão; já Karima tinha uma personalidade calma, treinada para ficar parada atrás da câmera com a firmeza de um soldado e a delicadeza e a esperteza de uma artista.

Yussef a observou naquele dia subir no carro, depois de ter acomodado a câmera no veículo e antes de sumir de vista. Antes de Karima alcançar a igreja, ele se virou para o reverendo Said e disse:

— Ficarei muito honrado se o senhor tiver o obséquio de me aceitar como esposo de sua filha, a srta. Karima.

O reverendo ficou perplexo e se virou para olhar na direção do carro de Karima, como se pedisse socorro. O carro já tinha sumido.

UMA BRISA DE ALEGRIA

Não faltou calor ao mês de agosto daquele ano. E era o que se esperava dele, conhecido como o mês mais abafado. Mas a brisa que bateu nos últimos dias de agosto não só abriu as portas da alegria para Karima, mas para toda a família. Bárbara mudou, a saúde de Katarina melhorou e Lídia, a jovem de vinte e três anos, foi a mais feliz de todos. A alegria proporcionada pelo casamento da irmã conferiu a ela uma aura de luz, que iluminou suas feições e seu coração — parecia não ter mais de dezesseis anos.

O reverendo Said era o menos animado com o casamento, pois Yussef não conseguira abrir caminho até o coração do sogro. Era mais leviano que um esposo de quem se podia depender, mas Said não pôde recusar seu pedido depois do aceite de Karima e da bênção da mãe e das irmãs; então, teve que deixar o futuro a cargo do futuro. Quando a noite caiu e a escuridão tomou conta de tudo, o reverendo se viu sentado atrás de seu órgão, mesmo sem ter planejado. Karima escutou-o tocar as mais belas e delicadas melodias e seu coração ficou apertado; sentada no pequeno pátio na frente da igreja, esperou o momento em que ele pararia de tocar.

Quando terminou, ele percebeu que já estava tocando havia um bom tempo. Sacudiu a cabeça, passou a mão direita duas vezes no rosto e na barba e disse a si mesmo que deveria estar feliz com o casamento da filha, já que não fora possível recusar o pedido de Yussef, e de afinal ter sido ele o primeiro a se apresentar para pedir a mão de uma de suas filhas. Uma única esperança o atravessou: ele teria um neto; e por um segundo imaginou a criança correndo e brincando pelos quartos. O reverendo Said sorriu e disse baixinho a si mesmo: "Quem sabe esse casamento possa abrir caminho para outros dois... quem sabe?". Mas os dias, atentos ao que se passava em seu íntimo, lhe mostrariam que o futuro com quem dividiu essa esperança lhe cederia metade de seus sonhos e lhe roubaria a outra metade.

O casamento foi tão rápido que não houve tempo nem de discutir os preparativos. Assim, logo que a vida voltou a seu curso natural, Karima retornou à sua câmera e lhe pediu desculpas por tê-la abandonado por um tempo. Yussef chegou a lhe perguntar:

— Parece que está querendo voltar ao trabalho?

— Você sabe que nada tenho a fazer além de voltar ao trabalho.

— Aqui? Na Palestina?

— Não acredito que você pensou que eu trabalharia em outro lugar!

— Naturalmente! No Líbano.

— Você sabe que é muito difícil para mim deixar minha família, além da fama que alcancei e pela qual trabalhei muito. Não é fácil largar tudo e, sinceramente, começar de novo em outro lugar me parece impossível.

Yussef percebeu que seria inútil seguir o rumo dessa conversa, pois trazia em seu bojo as sementes de uma discórdia que poderia crescer a um ponto que só o próprio mal podia imaginar, enquanto ainda estavam em lua de mel.

Karima estranhou a forma e o ponto em que o diálogo foi interrompido. Ela entendeu que Yussef não continuou a conversa porque já tinha decidido ficar em Belém.

Antes de qualquer mudança que pudesse indicar a movimentação de uma nova vida dentro do corpo dela, Yussef juntou suas roupas em uma mala e decidiu partir para o Líbano.

Naquele momento, o coração de Karima foi tomado pelo medo e ficou violentamente abalado: e se estivesse grávida? No entanto, pedir a ele que esperasse alguns dias mais para saber parecia uma humilhação. Não encontrou nada para dizer. Calou-se.

O sentimento estranho que Karima teve foi compartilhado pela família toda. Quando balançou a cabeça, antes de Yussef entrar no carro para que ela o levasse ao centro da cidade, de onde pegaria outra condução até Haifa e depois mais uma até Beirute, estava certa de que seu casamento havia terminado, mesmo se continuasse para sempre.

Da sacada da casa, a família observou o carro se afastar, passar pela rua ao lado da igreja e depois sumir. Duas lágrimas rolaram no rosto de Bárbara, e foi quando o reverendo deu meia-volta, entrou na casa e apareceu de novo para sair caminhando até a igreja.

Bárbara se recompôs dois dias depois, quando viu Karima fazendo todas aquelas coisas que mostravam que ela voltaria ao trabalho.

— A situação não está nada bem; não creio que sua volta ao trabalho agora seja uma boa ideia.

— Vou dizer à senhora o que disse a Yussef: "Não há nada mais importante para fazer agora do que voltar ao trabalho".

Eu disse isso a ele quando ainda estava aqui, mas agora que ele se foi vou acrescentar que voltar ao trabalho é a melhor forma de esquecer o que aconteceu e de me afastar da curiosidade das pessoas e de suas perguntas.

— Você está certa em tudo o que diz, mas há algo em que precisa pensar: aquilo que está crescendo dentro de você.

— Não vou deixar que me aprisione, nem mesmo antes de ter certeza se existe ou não.

— Pois diga que existe para que exista, com a ajuda de Deus.

— Sabe, mãe, nada me importa nesta vida mais do que esse bebê existir, mas prometo uma coisa: se a gravidez se confirmar, vou tomar muito cuidado e vou me organizar para trabalhar apenas aqui em Belém até ter certeza de que ele já pode ficar de pé e andar.

— Gosto de você assim, quando fala com confiança.

— Mas não estou confiante em nada, apenas disse: "Se".

— Não, você disse: "Até que eu o veja de pé". Não sei o que lhe sugeriu que é um menino, mas estou certa de que ele está aqui — a mãe se aproximou e pôs a mão na barriga da filha, e a acariciou, sonhando.

Ao se certificar da gravidez, Karima esqueceu a lembrança doída da ausência de Yussef, e o outono que chegava com o mês de outubro foi logo se transformando em primavera aos olhos da família; as folhas que caíram pareciam se erguer novamente voltando aos galhos, verdes como se tivessem acabado de nascer. Esqueceram-se da curiosidade que tinham de saber a respeito da última conversa que Karima e Yussef tiveram quando ela o levou ao centro.

Em meados de novembro, a família começou a se preparar com enorme alegria para a chegada do bebê, como se fosse a primeira criança da humanidade.

Nos meses seguintes, o frio aumentou e as crises de tosse voltaram a abalar o corpo de Katarina. Em poucos dias, Bárbara começou a tossir, e ambas pediram a Karima e a Lídia que não se aproximassem delas.

Os passos da doença voltaram a soar com clareza durante a noite e se amplificaram pela casa agora espaçosa. Em vez de escutarem Katarina acordar gritando: "Fuja, Lídia, fuja!", eles a ouviam dizer: "Leve Karima com você".

No fim daquele inverno, o reverendo Said tinha certeza de que a morte passaria por sua casa, mas não sabia quem ela levaria, se a esposa ou a filha.

Mas a mãe não queria partir antes de ver o neto e por isso resistia mais e mais. Tinha em seu interior um único lume que dissipava a escuridão da morte rastejante: o neto e a misericórdia do Senhor, que não permitiria que seu coração se partisse se Katarina morresse antes dela.

Bárbara seguiu juntando as forças; resistia, mas estava aborrecida. Naquele dia, tudo de que precisava era escutar o motor de um veículo que ela conhecia bem. Pegou uma pedra e, quando estava no degrau mais alto, lançou-a sobre os soldados. Queria berrar: "Esta é por mim!", mas acabou gritando:

— Esta é por Karim e por Katarina também!

A pedra acertou o veículo.

Bárbara não morreu. Katarina não morreu. Samir nasceu.

Meses depois de ter se tranquilizado porque a saúde do recém-nascido era boa, Bárbara começou a tossir de novo e com mais violência. Estava se despedindo de tudo e de todos a seu redor; no entanto o que mais lhe doía era o fato de não ter podido abraçar o neto, pois o temor de contagiá-lo era maior do que o amor que palpitava em cada célula sua. Queria tê-lo abraçado, beijado, uma vez ao menos. Olhou para o alto e suplicou:

— Uma vez, uma única vez, é pedir muito?

FONTE DO FUTURO... MAR DO PASSADO

Samir iniciou suas tentativas de ficar em pé com a ajuda da mãe. O avô se apegou a ele. Quando Karima não o encontrava na cama, sabia que estaria no quarto do avô ou no de Lídia.

— Eu sei que você está querendo que seu filho ande agora, mas ainda é cedo. Lembre-se de que, quando começar a andar, ele ainda vai querer ficar perto de você — disse o pai.

— Samir vai continuar andando em minha direção.

— Quem dera os filhos fizessem isso. Há outra mãe que os chama, mais forte do que você e eu: a vida.

Lídia não parava de distraí-los, principalmente o pai, para ficar sozinha com o menino, com a desculpa de que queria que eles não se cansassem. O reverendo sorria e perguntava:

— Mas Samir não cansa você?

— Me cansar? Não, nunca!

Karima começou a refletir mais sobre sua arte e a aprofundar sua pesquisa. Colecionava livros de fotógrafos, lia seus trabalhos e enfim descobriu que havia uma crítica especializada de fotografia. Seu conhecimento de alemão e de inglês a ajudou a se informar das tendências dessa arte e das características mais importantes dos trabalhos fotográficos de então. Contudo isso não lhe satisfez, pois essa crítica não era muito diferente da crítica da pintura.

Karima lia e acompanhava as notícias enquanto cuidava do filho. Ela passava o tempo todo desejando que Samir andasse, para que pudesse voltar ao trabalho como prometera à sua mãe. Mas, no âmbito da fotografia, Samir foi seu experimento mais difícil, pois não era nada fácil fotografar uma criança que não parava de se mexer, de olhar em todas as direções e de brincar com seus pés e seu cabelo o tempo todo. No entanto Karima, que demorou muito para conseguir uma boa fotografia do filho, não cansava de tentar, pois sabia que o instante não capturado pela câmera não podia nunca ser recuperado.

Passaram-se longos meses de verão, em que se sentava no jardim a observar seu filho engatinhar enquanto lia e comparava as fotografias que via com aquelas que estavam em sua memória. Pensava no frenesi dos artistas que passavam a vida tentando, experimentando, durante décadas, desenhar o ser humano exatamente como era. Então foi inventada a câmera, que abalou tudo, pois conseguia, em uma fração de segundo, resumir os longos meses de trabalho dos desenhistas e as longas horas de seus modelos, que ficavam parados sem poder se mexer.

O que deixava Karima mais feliz em relação à câmera era o fato de que a invenção dessa máquina condensou muitas etapas que ocupariam uma grande parte de sua vida. Ela se via como alguém que pulou do dorso do cavalo direto para dentro de um avião! Quando ela nasceu, a câmera estava à sua espera.

Sim, com a câmera ela voou, girou no ar, mergulhou, tocou o chão e subiu de novo. Ela não conseguia se esquecer da cena daquele combate aéreo entre um avião alemão e dois ingleses. A batalha que teve início sobre Jerusalém e continuou nos céus de Belém em 12 de novembro de 1917. Foi a cena mais impressionante que viu na vida. Ainda jovem, ela dava pulos, feliz, acompanhando os aviões girando, manobrando e atirando. Para os moradores da cidade, essa exibição aérea foi interessante, como se tivesse sido organizada para fazê-los esquecer as desgraças da guerra! Não dizia respeito a eles, apenas observavam quem conseguiria derrubar quem e quem ganharia no final. Aquela cena foi a única brincadeira providenciada pelos dias sombrios da guerra, e por isso ficaram muito tempo falando do ocorrido; até que descobriram que aquela exibição deslumbrante nada tinha a ver com a realidade que se manifestaria ao som dos passos das botas militares sobre o chão.

O voo de Karima era diferente: alegria no céu e felicidade na terra.

Antes de Samir completar um ano, seu pai voltou do Líbano. Estava em um estado lamentável, cansado, pálido e com o semblante afilado como o de um enfermo.

Se fosse há vinte anos, teriam se demorado conversando e exagerando sobre as dificuldades da viagem, mas agora não: com a existência de uma linha de trem, de carros, de ônibus e até aviões que trafegavam todo dia entre a Palestina e seus vizinhos, era diferente.

Samir grudou na mãe quando Yussef abriu os braços, forçando um sorriso, como se a criança estivesse esperando desde que nascera para saltar e cair nos braços do pai. O reverendo Said refletiu o medo que encheu o coração do neto, pois quando cumprimentou Yussef teve a impressão de que não poderia abraçá-lo; um bloco de gelo se formara entre eles e não parava de crescer, apesar de terem passado dois verões quentes em Belém e em toda a Palestina.

À noite, quando se reuniram na mesa do jantar, o reverendo estava convencido de que uma pessoa que chegava com um ano de atraso para o nascimento do filho, e naquele estado, não teria vindo para se redimir dos erros que cometeu, e sim para cometer outros.

As notícias que chegavam do Líbano descreviam em detalhes o esbanjamento da fortuna que passava pelas mãos de Yussef, além das terras sob seus pés. Por isso, o reverendo Said pressentia que o resultado daquela visita não seria a união familiar, e sim sua dispersão.

Ficaram acordados até tarde, furtando olhares uns dos outros, procurando saber, em silêncio, onde Yussef dormiria.

Por fim, todos se levantaram, deixando a decisão para os minutos seguintes; mas os minutos, como de hábito, não interferiram e continuaram brotando da fonte do futuro desconhecido, diluindo-se e desaparecendo no mar do passado, que ficava maior e mais profundo a cada instante.

Caminharam no corredor, calados. Quando Yussef virou à esquerda em direção ao quarto de sua esposa, onde havia deixado a mala, Samir, vendo aquele homem estranho entrar no quarto dele e de sua mãe, começou a chorar.

Yussef tentou acalmar a criança, que se pendurou no pescoço da mãe com força. Yussef se aproximou do menino, mas o choro de Samir aumentou. Naquele momento, o reverendo interferiu, dizendo:

— Não creio que Samir vai deixá-lo descansar esta noite. Você acabou de chegar de uma viagem muito longa, é melhor dormir em outro quarto. Pode escolher o quarto que quiser; como vê, a casa é grande.

Na manhã do dia seguinte, Yussef não conseguiu esperar até a noite, ou outro dia mais, para revelar o motivo de sua vinda. O medo de Samir o encorajou a falar da necessidade da família de morar sob o mesmo teto.

Lá de dentro, a tosse de Katarina chegava entrecortada, como se fosse um protesto ao que acontecia no grande salão.

— Você não veio nos visitar porque sentiu nossa falta — disse o reverendo Said. — Há algo girando em sua cabeça, estou enganado?

Yussef ficou cabisbaixo por alguns instantes, depois levantou o olhar para Karima, como se tivesse sido ela quem perguntou, e disse:

— Creio que você deve voltar comigo, você e o menino.

— O nome dele é Samir. E por que você não fica aqui?

— Porque os negócios que tenho lá precisam que eu os gerencie.

— Mas as notícias que chegaram até nós informaram que você não tem mais negócios para gerenciar. Como poderia cuidar de sua esposa e de seu filho? — O reverendo entrou na conversa.

— É uma crise passageira, logo tudo voltará ao normal.

— Já que é passageira, creio que é melhor esperarmos até que passe, antes de irmos com você — disse Karima.

— Estou entendendo que todos se opõem a que eu reúna minha família de novo! — disse Yussef, bravo.

— Ao contrário, a melhor coisa que pode acontecer é você se juntar à sua família, mas o momento não parece ser adequado — retomou o reverendo, sentindo que falava com a boca e o coração da filha.

Yussef então se levantou, caminhou até o quarto onde dormira na noite anterior e, dois minutos depois, todos escutaram uma porta abrir e depois se fechar com força. Das janelas que davam para a rua onde ficava a igreja, viram-no andar com uma lentidão imposta pelo peso da mala, sem olhar para trás.

Apressada, Karima entrou no quarto dela e logo saiu. Ouviram o barulho do motor do carro e entenderam que ela iria atrás dele.

Passaram-se alguns segundos até o carro aparecer na rua. Viram-na parar ao lado de Yussef, que continuou andando, indiferente ao motor do carro que se aproximara dele. O carro o ultrapassou e parou de novo. Yussef também parou.

O diálogo entre os dois foi entendido por todos como se não estivesse acontecendo a uma distância de trezentos metros.

Yussef não aceitou subir no carro. Karima desceu, arrancou a mala de sua mão, colocou-a no porta-malas e voltou para seu lugar atrás do volante.

Yussef não se mexeu, e eles entenderam que ela o convidou para subir no carro, mesmo sem conseguir ouvir nada.

Enfim ele aceitou. O coração do reverendo ficou apertado, pois sentiu que a filha estava cometendo o maior erro de sua vida.

Acontece que Karima não virou o carro, mesmo tendo um bom espaço para manobrar no acostamento de terra. O carro partiu, ladeando a igreja, e desceu até sumir de vista.

Lídia se afastou, carregando o sobrinho, e as vozes sumiram. Apenas a tosse de Katarina era ouvida. O reverendo Said, porém, decidiu não arredar pé enquanto não avistasse o carro de Karima voltando.

Meia hora depois, ele apareceu e Said ainda estava no mesmo lugar. Seu coração batia cada vez mais forte conforme o carro se aproximava e ele se esforçava para ver se Yussef estava com ela ou não, mas não conseguiu.

O carro deu a volta e entrou na garagem de casa. Said ficou no mesmo lugar. Não queria se ver de novo, cara a cara, com o marido da filha e ter o mesmo diálogo de antes.

Continuou olhando para a rua. Nada enxergava senão Yussef se afastar cada vez mais, caminhando pelo lado da igreja e depois desaparecendo por trás dela, como se Karima não tivesse parado para ele nem lhe dado uma carona.

Depois de alguns instantes, Said ouviu os passos da filha subindo a escada e se aproximando.

UM CORAÇÃO A CAVALGAR

O homem seguiu desenhando até que seus desenhos ficassem iguaizinhos às fotografias. Então começou a fotografar antes de seus retratos se parecerem com os das telas. *O que me deixa triste é que a fotografia caminha sobre dois pés, o branco e o preto — e o que se aproxima deles, o que está entre eles —, ao passo que a tela, apesar da invenção da câmera, continua caminhando sobre mil pés de cores intermináveis.*

Karima anotava suas observações na margem do livro *História da fotografia*, publicado pelo Museu de Arte Moderna de Nova York, que ganhara de presente de um reverendo que sempre visitava Belém e tinha com o pai dela uma amizade antiga.

Naquela manhã, Karima levantou a cabeça para olhar o filho que engatinhava e desejou que ele andasse, mesmo sabendo que ainda era cedo.

Então voltou a mergulhar no livro. Lia com entusiasmo, como se discutisse com ele. Quando ergueu os olhos, viu dois pés que cambalearam por alguns segundos e depois se lançaram em passos desordenados na direção do limoeiro que ficava no centro do jardim da casa.

O coração de Karima parou por alguns instantes antes de começar a galopear como um cavalo e ela sentir que iria abandonar seu peito.

Teria o pequeno ouvido seu desejo, o que ela dissera em seu íntimo? Não se mexeu, como se o mais belo dos pássaros do mundo tivesse pousado em seu ombro e ela não quisesse assustá-lo. Samir, que nada sabia dos sentimentos da mãe, agarrou-se ao tronco da árvore logo que a alcançou. Ele o abraçou, depois se virou devagar e apoiou as costas no tronco. Naquele momento, seus olhos encontraram os da mãe. Samir sorriu, estava satisfeito consigo mesmo e feliz de descobrir que suas pernas podiam se mover e ir para longe como os pés dos grandes que andavam a seu redor.

Karima hesitou: chamá-lo de volta ou deixá-lo fazer o que quisesse? Mas tudo nela desejava que ele andasse, que confirmasse sua capacidade, para que Karima pudesse cumprir a promessa feita à mãe: não voltar a fotografar antes que seu filho aprendesse a caminhar.

Samir não se mexeu. Karima começou a suar, ela que durante a gravidez e o período de observância se sentia como um pássaro que perdera as asas, e cada vez que via um retrato bonito tirado por um fotógrafo palestino ou estrangeiro ficava com vontade de chorar. Naquela época, ficou claro para ela quanto amava fotografar, não só como trabalho, e não fosse seu amor pelo filho, que superava seu amor pela fotografia, teria deixado a promessa de lado, principalmente depois de ter se certificado de que cuidar de Samir era o que Lídia mais adorava fazer.

Os olhos do filho, que passeavam pelo rosto da mãe, tentaram também se infiltrar na cabeça dela. Karima sentiu isso, mas não queria trapacear. Chamá-lo para caminhar ou ajudá-lo era uma forma de trapacear. Karima repetia com frequência: "Se eu tiver de escolher entre um passado bonito e um futuro menos bonito, fico com o futuro menos bonito, porque é o único lugar onde conseguiria viver".

Era isso que ela dizia à mãe quando via desabar cada uma das colunas de seu coração, seus filhos, um atrás do outro, pedindo-lhe que preservasse o que restara daquela família, que Karima considerava uma vítima direta daquele império que não parava de chamar, como o pai, de "império das trevas". Desde que Karim foi detido pelos soldados, o império, que já matava, continuou a matar. Quem seria o próximo depois de Karim e de sua mãe: Katarina? Lídia? O pai? Ela? Samir? Seu coração ficou mais apertado. Então sacudiu a cabeça para afastar os pensamentos ruins que as mãos do império plantaram em sua cabeça.

O sorriso de Samir, que não se movia, apagou muito do que ela havia retido no coração. Por fim, Samir se afastou do tronco, como se soubesse que a mãe precisava, mais que tudo na vida, que ele desse os próximos passos. Caminhou mais confiante, sem pensar muito, ou pensava em outra coisa. Continuou andando até alcançar os joelhos da mãe. Apoiou-se neles, olhou para cima e a mãe o afogou com seus beijos. Então ouviram o som de palmas vindo do alto. O reverendo Said tinha acompanhado a cena desde o início.

Karima sentia medo, apesar de a promessa feita à mãe já ter sido cumprida — de acordo com o reverendo. Ela não demonstrou nenhum sinal de que estava pronta para voltar a praticar sua profissão, sua arte.
    Na terceira noite, o reverendo disse durante o jantar:
— Não sabia que Karima tinha medo de alguma coisa!
— Medo?

— Do futuro, da volta ao trabalho.
— Não vou dizer que não estou com medo, pois tudo o que aconteceu nestes últimos dois anos não foi pouco. Tenho visto novas fotografias e ouvido falar de novas câmeras. Não sou diferente de meu carro; como ele, estou um pouco enferrujada.
— Karima, tenho certeza de que em menos de um mês vai alcançar o melhor fotógrafo e até superá-lo; sabe por quê?
— Por quê?
— Porque você tem o coração de um cavalo, o olho de uma águia e o toque de uma borboleta.
Karima riu, riu do fundo do coração e disse:
— Uma poesia dessas me daria no mínimo asas.

Karima decolou, voou para longe como quem quer reunir todos os dias que perdeu e seguir em direção ao futuro. Foi para Jerusalém, até o Domo da Rocha e a Igreja da Natividade, e fotografou. Então seguiu para o rio Jordão, depois para o norte até Tabariya, e fotografou. Atravessou o rio com seu carro e chegou à cidade de Jarach, e fotografou. Dirigiu até o Líbano, e fotografou. Voltou para o sul, passando por Akka, Haifa, Yafa até Alkhalil, e fotografou. Quando retornou para casa, o reverendo a abraçou e sentiu o coração de cavalo que a filha carregava no peito.

O IGNORANTE É INIMIGO DE SUA IMAGEM

Quando lhe passou pela cabeça que Karima era parte de sua fé, o reverendo ficou constrangido e deu uma volta em torno de si mesmo, como se tivesse sido pego cometendo um pecado. O que Karima estava realizando dava a ele de fato forças para enfrentar e superar as adversidades da vida. O que acontecera em sua casa não foi nada fácil. Desde que o primeiro soldado inglês pôs os pés na Palestina, as tragédias começaram e, quando as coisas acalmavam ou explodiam dentro ou fora de casa, seu sofrimento, causado pelos ingleses, continuava o mesmo.

Said não achou que estava particularmente sendo testado, pois não era o único que sofria. A ocupação do país, uma pátria inteira, a bagunça que nele se instalava: ora ocupavam tudo, ora se passavam por generosos e ofereciam o país àqueles que não tinham direito a ele e, nas horas de descanso, abriam as portas da imigração para que os judeus entrassem e tomassem, eles também, seu quinhão do corpo das pessoas, do pescoço delas e de suas carnes. Em algumas ocasiões, transformavam o peito de nossos filhos em um campo de tiro; em outras, ofereciam o pescoço de nossos jovens como comida — em uma época em que não deixam um dia sequer de alimentar, pelos motivos mais insignificantes, as grades das prisões com a carne do povo.

Não era um teste para ele, não. "Quem dera fosse um teste só para mim", sussurrou a si mesmo. Instalaram um posto militar dentro de sua casa, um posto invisível. As prisões deixaram sua marca em Karim, plantando em seu peito a tuberculose; desde então, essa doença não parava de fazer suas investidas no corpo das pessoas mais próximas dele, levando a alma delas.

— "Água e fogo não ficam na mesma vasilha" — balbuciou Said, lembrando as palavras de Jesus.[7]

Ele e todos os que estavam com ele esperavam a morte de Katarina, mas quem partiu foi Bárbara, sua esposa. A morte não se contentou em levar duas almas; ao contrário, continuou abrindo caminho com a selvageria de um vento arrogante, cortante feito faca lançada aos pulmões de Katarina.

O reverendo Said nunca achou que a doença ficaria satisfeita depois de levar Katarina, pois essa chaga não se contenta, é irmã da morte, é sua aliada.

Ficava atento a cada tosse, por mais fraca que fosse; ficava apavorado, temia por Samir, o neto que o fazia se lembrar ora de Karim, ora de Najib, ora de Mansur, e às vezes dos três juntos. Afinal, não eram seus tios? E como diz o ditado: "Dois terços do menino são do tio". O que significava que ele não exagerava em sua preocupação, pois nesse caso havia seis terços em um único menino. Como não se preocupar?!

No dia em que Samir teve sarampo, Karima estava longe, em Haifa. Said não ligou para ela em Dar-Dumit e não a

---

[7] Citado no livro *Albidaya wa annihaya* (O início e o fim), de Ibn-Kathir, e em outras fontes árabes. (N. T.)

avisou de que Samir adoecera, apenas arregaçou as mangas e começou a trabalhar naquelas erupções que cobriam o pequeno corpo do menino, depois de convencer Samir de que iria pintá-lo.

Com um pequeno pincel, passava o remédio sobre cada mancha, sem parar de distraí-lo, ora cantando, ora com um gesto engraçado ou com os brinquedos que Karima trazia de todos os lugares por onde passava e com os quais ela o fotografava. Eram trens, cavalos, bicicletas e pequenos barcos a vela, além das mais belas novidades em roupas que se vendiam nos mercados. Queria enchê-lo de felicidade, recompensá-lo por sua ausência e não deixar, em sua memória, nenhum espaço que não fosse ocupado por ela, para que o filho não a esquecesse.

Mas a temperatura da criança subiu e intensificou o pavor no coração do reverendo Said. Naquela hora, chegou Lídia, que Samir adorava e chamava de "Mama Lídia", da mesma forma que chamava o avô de "Baba Said". Katarina foi privada dessas palavras que tanto desejava, devido à sua enfermidade, que a mantinha longe dele. E por isso ela detestava ainda mais sua doença, que não só trancara a porta para sua alma, mas fechara todas as portas do coração das pessoas mais próximas a ela, plantando em cada coração os espinhos da cautela, a cautela de não se aproximar dela, de não abraçá-la.

Karima, que se sentia dona do mundo quando teve Samir, ficou mais forte e não hesitava um instante em fazer o possível para atenuar o sofrimento de Katarina. Cuidava de estar com a irmã à noite e contar a ela as notícias do país e como conseguia passar pelos bloqueios ingleses, que lhe davam muito trabalho às vezes. Seu melhor argumento era o de ser uma jornalista, e eles tinham que deixá-la se movimentar e fotografar. Às vezes, concluíam que ela não passava de uma fotógrafa comum, quando então lhes mostrava o álbum que sempre levava com ela. O álbum que continha suas melhores fotografias e que também tinha outra função, pois, quando não conseguia convencer uma família ou uma pessoa de seu ponto de vista quanto à fotografia que iria fazer — já que estava certa de que a fotografia tinha que refletir o espírito de seu dono —, ela lhe mostrava o álbum para que a pessoa pudesse encontrar o que se parecia com ela, ou a pose para o retrato que desejava.

Algumas pessoas não se convenciam de seu ponto de vista, de que cada retrato tinha que se parecer com seu dono. Na maioria elas queriam que sua fotografia se assemelhasse a uma que já tinham visto e admirado, sem perceber que quem estava naquela foto não lhes era semelhante — nem a luz do rosto, nem a sombra, nem o brilho dos olhos. Karima dizia, resmungando baixinho: "O ignorante é inimigo de sua imagem, não só inimigo de si mesmo". Passava então o álbum para a pessoa, e esta apontava uma foto e dizia:

— Igual a esta!

Karima se rendia:

— Então, assim será!

Tirava a fotografia, com uma pena no coração por ter sido obrigada a copiar a si mesma, a se autoplagiar. Esse tipo de retrato não a deixava feliz e por isso não tinha para ele lugar em seu álbum.

Os soldados ingleses não enxergaram nas fotos o que ela enxergava. Tratavam-nas como se fossem uma carteira de identidade que permitia a quem a portava passar ou não.

No entanto, o álbum era sempre útil, funcionava para uma coisa ou para a outra.

Katarina gostava do jornal *Alkarmel*. Se o reverendo soubesse quanto a filha era apegada àquele jornal, quanta energia lhe proporcionava, teria percebido que não cometera nenhum pecado quando considerou que Karima e seu sucesso eram parte de sua fé.

Os artigos do editor-chefe do jornal *Alkarmel*, Najib Nassar, faziam-na pular da cama para lutar contra o mundo, atacando os covardes, os colaboradores e os que não enxergavam os perigos que esperavam por eles e por sua pátria.

Aqueles editoriais a deixavam mais forte, mas às vezes a enchiam de tristeza também:

Sua pátria, palestinos, vocês a deixarão para os judeus?! — escreveu Nassar doze dias depois que a grande revolução foi deflagrada.

Karima escutava a resposta. Ouvia Katarina dizer em voz alta, com os olhos fixos no jornal: "Não!", como se estivesse em uma passeata.

O reverendo escutava e vinha correndo perguntar:

— O que houve?

Karima respondia, rindo:

— Katarina está fazendo uma manifestação.

Então ele indagava, sorrindo:

— Quando você acha que a passeata vai terminar, para que eu possa ler o jornal?

Karima respondia:

— Está bem no começo ainda.

O reverendo se afastava, enquanto ocorria a ele aquela ideia de Karima ser parte de sua fé. Essa menina que não desistiu de seus sonhos, que carregou sua lança e lutou com os ventos vindos dos quatro cantos é igual a todos os que nos fazem pensar na força da vida. E quando se lembrava da voz de Katarina, gritando com as faces rubras, entendia que Karima não saía de casa para retornar exausta, mas para regressar repleta de vida e preencher toda a casa com ela.

AS SURPRESAS DO REVERENDO STEVAN

Ao meio-dia de quarta-feira, dia 20 de maio de 1936, ano da revolução, chegou a Belém — onde passou alguns dias —, vindo de Berlim, um reverendo alemão chamado Stevan Gunther. Tinha esperança de continuar seu caminho até Nazaré, mas, com a eclosão da revolução e a greve geral, foi obrigado a ficar na cidade.

Dez dias depois de sua chegada, ele almoçava na casa do reverendo Said, quando se virou para Karima e disse:

— Lamento não tê-la encontrado na vez passada quando estive em sua casa, mas nunca me esqueci do que ouvi sobre você, que era uma fotógrafa famosa da Palestina. Por isso eu lhe trouxe um jornal judeu-alemão em que foi publicada uma coleção de fotografias de um fotógrafo judeu chamado Moshe Nordo. Entre elas, encontram-se formidáveis casas e casarões de Belém, que, a revista informa, pertencem aos judeus pioneiros que imigraram para a Palestina e as construíram com a finalidade de receber os imigrantes judeus que viriam de todos os lados.

— Que casas são essas que pertencem a judeus em Belém? — indagou Karima com estranhamento.

— Você terá que ver as fotografias. Eu as trouxe comigo.

Karima insistiu sobre o jornal e ele lhe disse que o entregaria à noite, se passasse pela casa ao lado da igreja, na qual a família morava antes de se mudar para a casa nova.

Quando terminaram de almoçar, ele se despediu e Karima saiu caminhando com ele. O reverendo alemão achou que era por educação que o estava acompanhando até o portão, mas, quando atravessou a soleira, ela continuou a seu lado e anunciou:

— Vou acompanhá-lo até a igreja. Não acho justo esperar até de noite para ver essas fotografias das quais falou.

— Como quiser, é um prazer ter sua companhia.

No caminho, Karima respondeu às perguntas sobre como aprendeu a fotografar, e quando começou a trabalhar nessa profissão, e sobre os problemas enfrentados como fotógrafa naquela terra, indo de uma cidade para outra. Quando ele quis saber o que ela mais gostava de fotografar, Karima respondeu:

— As pessoas, as mulheres, as crianças, as famílias, a natureza. Desde o início, sinto que fotografar é passatempo e profissão e, quando me canso de trabalhar em meus estúdios, fujo da fotografia para a fotografia, retratando as cidades, as ruas, as igrejas e as mesquitas. Fico feliz quando volto no fim do dia ao estúdio tendo comigo todos aqueles rostos. O senhor pode estranhar que eu trate o dono dos rostos como meu hóspede.

O reverendo Stevan balançou a cabeça e disse:

— Esses você não encontrará nas fotografias de que lhe falei. Parece que os fotógrafos que vêm para cá, como poderá constatar, não se importam com seus "hóspedes". Os lugares estão sempre vazios, as casas, os campos e as montanhas também. Você ficará surpresa.

— Já ouvi falar desse tipo de fotografia e vi alguns trabalhos de fotógrafos judeus, alemães, ingleses e franceses.

Quando chegaram, Stevan lhe pediu que tivesse um pouco de paciência, porque não era fácil retirar o jornal de onde estava guardado.

— Tudo bem, não tenho pressa.

Alguns minutos depois, voltou com o jornal e, balançando a cabeça, disse com tristeza:

— Há algo que eu não disse a você nem a seu pai.

— O que é?

— Vai descobrir sozinha quando folhear o jornal.

Não foi difícil. Karima reconheceu a maioria das casas, mas as que mais lhe chamaram atenção foram as fotografias do Jasser Palace, do Ajaar Palace, do Orfanato Armênio, do Mosteiro de Alkarmel e do Hospital Francês, que eram as construções mais belas que ela já havia visitado e fotografado. As casas estavam vazias, esperando que alguém as habitasse. Era o que estava escrito no jornal!

Karima enlouqueceu. No caminho de volta, chorou de soluçar.

Seu pai perguntou:

— Por que está chorando? Aconteceu alguma coisa com o reverendo Stevan? Deus queira que não!

Karima não respondeu, abriu o jornal na frente do pai, que de pronto reconheceu as casas nas fotografias. Ele leu o comentário ao lado e disse:

— "Água e fogo não ficam na mesma vasilha." Jesus, que a paz esteja com ele, disse a verdade.

Quando o reverendo virou a página, seu coração quase parou. Lá estava a fotografia da casa onde moravam!

Na tarde daquele dia, Karima decidiu quebrar a greve geral declarada pela liderança da revolução, que as pessoas observavam com o mesmo rigor que o uso da *kufiya*, desde que as forças inglesas começaram a perseguir os revoltosos que a trajavam. Ela desceu até o andar térreo, entrou no quarto e pegou a câmera.

— Para onde vai? — o pai perguntou.
— Tenho que voltar a fotografar.
— Mas e a greve?
— A greve é de trabalho. Eu não vou trabalhar. Vou fotografar antes que eles roubem todas as casas de Belém.

A VOLTA DOS PRESENTES

Os acontecimentos se atropelavam, a tensão aumentava e a vida ficou difícil, mas os palestinos insistiram em continuar a greve.

O reverendo Said e outros reverendos, entre eles Hanna Bahhuth e Jadid Baz Haddad, começaram a se reunir toda segunda quinta-feira do mês, em tardes teológicas, para tratar das questões do momento. Durante esses encontros, discutiam: a posição de Cristo diante da pátria; o sionismo e os profetas do Novo Testamento; e a posição de Martinho Lutero diante do judaísmo.

Do outro lado, os missionários ingleses e americanos não paravam de convidar os judeus para a Palestina, o que provocou alguns sermões contrários a essa ideia nas igrejas luteranas.

O reverendo Bahhuth, no segundo encontro das quintas-feiras, disse em seu sermão: "Os missionários ingleses e americanos interpretam erroneamente a palavra de Deus, ao afirmarem que a migração dos judeus para a Palestina é o selo das profecias. No entanto, não podemos projetar uma profecia feita no Antigo Testamento, mil anos antes do nascimento de Nosso Senhor Jesus Cristo, em nossa situação de hoje, como se três mil anos não tivessem existido, e como se Cristo não tivesse vindo nem trazido o Novo Testamento. As profecias do Antigo Testamento se completaram com a vinda de Cristo, e não com a tomada da terra da Palestina". E finalizou seu sermão da seguinte forma: "Quem dera os membros de nosso povo dilacerado se unissem, apesar das forças tenebrosas que tentam dividi-lo. Essas forças que atiçam as guerras sectárias e religiosas, plantando ódio, aversão e conflito. Por isso, precisamos rezar pela união, suplicar a Deus que permita essa união, pois ela é mais forte que as armas, as bombas e a dinamite".

O impacto dos sermões que se espalharam foi grande entre os habitantes de Belém, sobretudo porque a igreja se localizava no centro do bairro dos Fawagreh, uma importante família muçulmana, que tinha ligação com a igreja desde sua fundação. Em 1864, quando os luteranos quiseram construir sua igreja, não encontraram entre os cristãos conservadores quem lhes vendesse um terreno. Quando os Fawagreh ficaram sabendo, disseram que escolhessem o terreno que quisessem comprar e, assim que escolheram, mandaram trazer um arquiteto alemão. Tudo indicava que o homem, durante a longa viagem da Alemanha até a Palestina, tivesse trabalhado em um rascunho do projeto da igreja. Quando analisou o terreno, fez as mudanças necessárias, enquanto observava as igrejas da cidade. Ele queria algo diferente, ao mesmo tempo que tinha receio de não encontrar profissionais que pudessem executar o projeto como desejava.

    O arquiteto se perguntou o que distinguia a cidade de Belém das outras, mas não obteve nenhuma resposta satisfatória. Porém, enquanto andava pela cidade, notou pela primeira vez a cobertura de cabeça da mulher belenense, o chamado *chatwe*, que é um chapéu em formato de cone.

Naquele momento, ele decidiu que o campanário seria do formato do *chatwe*.

O bairro muçulmano onde foi construída a igreja ficou feliz com o campanário, que era único em toda a Palestina. Quanto ao arquiteto, sua felicidade estava associada ao fato de ele ter encontrado profissionais — pedreiros, carpinteiros, operários — altamente qualificados na área de construção. Naquela igreja alta e diferente, cristãos e muçulmanos se reuniam nas tardes de quinta-feira. O encontro lhes dava uma força de outro tipo. O reverendo Said repetia o dito de Cristo: "Aquele que não ama seu irmão, a quem vê, não pode amar a Deus, a quem não vê". E depois mencionava o dito do profeta Muhammad, com ele a paz: "Não será crente aquele que não quiser para seu irmão o que quer para si". E, para finalizar, dizia: "Amem uns aos outros, pois o ódio está à espreita de suas terras, suas lavouras, suas casas, sua vida e a infância de seus filhos".

Karima não teve mais sossego. Fotografou todas as casas retratadas por Moshe Nordo e se esmerou para que ficassem melhores que as dele. Cuidou para que ao lado das casas e em torno delas houvesse um grande número de pessoas quando tirava as fotografias externas; depois passava para o interior, fotografando os moradores da melhor forma. Quando ficou sabendo que os alunos do Colégio Ratiba Chuqair — cuja fundadora era sua colega dos tempos de escola — iriam fazer uma peça natalina no Jasser Palace, decidiu que tiraria as fotografias daquela festa.[8]

---

8 Ratiba Chuqair fundaria mais tarde o Colégio Birzeit, que se transformou em 1972 na Universidade de Birzeit. (N. A.)

Foi uma das fotografias mais bonitas de Karima. Eram dezenas de crianças atrás da estátua da Virgem, que carregava o menino Jesus; em frente deles estava a manjedoura e atrás, um anjo com as asas abertas. A luz vinda da direita atravessava alguns galhos da árvore de Natal — enfeitada com flores e fitas coloridas e, na ponta, com a estrela do Natal — e iluminava de forma bela, com esplendor e suavidade, o rosto das crianças e das mulheres.

Depois de meses de trabalho, Karima ficou de pé diante de seu pai, o reverendo Said, afastou tudo o que tinha na mesa à frente dele e espalhou suas fotografias.

O reverendo se pôs a observá-las. Teve um sentimento estranho, de que estava vendo Belém do céu, e não na mesa. Belém, repleta de casas e de gente.

Olhou para Karima e disse:

—Vou confessar a você o que não consigo admitir a mim mesmo: Karima, você é parte da força de minha fé. Minha fé em Deus que criou as pessoas inspirando-as para trabalhar e minha fé no ser humano que se recusa a desistir.

DA ÁGUA E DO FOGO

Noite de domingo. O país estava vazio. Ruas, calçadas e praças esvaziadas, e até mesmo as árvores estavam vazias de folhas no início daquele outono, pois o vento forte as varria em seu caminho, levando tudo para longe, como se preparasse a cidade para receber os que regressariam.

E foi assim que aconteceu.

Desde a manhã de segunda-feira, a vida começou a voltar: as vozes, que antes da greve eram habituais, pareciam mais altas agora, e as ruas, mais congestionadas. Por todo lugar que a pessoa olhava — fosse de Belém, de Beit-Jala, de Beit-Sahur ou de qualquer lugar ao redor dessas cidades —, observava uma cena que não se via havia muito tempo: homens de olhos vermelhos e de pele queimada de sol chegando como se tivessem atravessado o deserto. Mas quem eram aqueles homens? A Palestina estava morta e ressuscitou, estava perdida e foi encontrada? Foi assim que o educador Khalil Sakakini escreveu sobre o que testemunhara.

Os revolucionários estavam cansados, pois a perseguição dos ingleses dificultava muito sua vida, tendo, por vezes, de operar verdadeiros milagres para que a revolução continuasse em meio à intensificação das investidas militares que varriam o país de norte a sul, de leste a oeste, somada à falta de provisão de comida, armas e lugares seguros.

Logo que os revolucionários chegaram em casa, vindos das montanhas, o tempo mudou: a chuva caiu, o frio se intensificou e as enxurradas levaram árvores e plantações até os vales. A situação permaneceu assim até o início do ano seguinte. Muitas pessoas diziam aos pais ou aos filhos que voltaram das montanhas: "Graças a Deus que escaparam do frio deste inverno!". Outras, porém, não tinham certeza de que a Palestina tinha realmente escapado quando foi acordado o encerramento da revolta.

Nas primeiras reuniões de quinta-feira, depois do fim da revolta, a alegria e o medo se misturavam no coração dos presentes. Alegria, porque a revolução conseguiu perdurar por seis meses e revelar a capacidade das pessoas de resistir e de continuar a se comprometer com os protestos da revolução; quanto ao medo... era sentido por muitos.

O reverendo Said, em uma dessas quintas-feiras, repetiu as palavras de Cristo: "Água e fogo não ficam na mesma vasilha". A revolução parou, mas a água e o fogo ficaram na mesma vasilha.

Os presentes se viraram para o reverendo Hanna Bahhuth, cujas opiniões eram sempre corajosas e determinantes, mas ele disse apenas:

— Acho que hoje vim para escutar, não para falar. Falei muito nos últimos meses.

Abaixou a cabeça. Ninguém pôde lhe pedir outra vez para falar.

A alegria voltou a permear as conversas que se cruzavam, o que era raro. O reverendo Said tentou recuperar a calmaria desses encontros, mas não conseguiu por muito tempo. Estavam emocionados com o regresso dos revolucionários, mas também apreensivos com o fim da revolução, que terminou sem alcançar nenhum de seus objetivos, e com o fato de que alguns de seus membros ainda se encontravam detidos nas prisões inglesas no norte e no sul do país.

— Prometeram e a revolução parou.[9] Mas desde quando se podia confiar nas promessas dos ingleses? A mais famosa foi a que fizeram a Acharif Hussein: que libertariam os árabes do domínio turco. E no que deu? Presentearam os judeus com esta pátria árabe assim que atravessaram as fronteiras, ou melhor, antes mesmo de cruzá-las. Colonizaram esta terra e a dividiram.

— Não temos motivos para estar pessimistas a esse ponto, pois eles, os ingleses e os sionistas, sabem que este povo que se revoltou é capaz de se revoltar outra vez e com mais força. Não creio que esquecerão, nem hoje nem amanhã, que houve uma revolta que durou seis meses e não foi derrotada.

O ambiente daquela reunião era um exemplo dos milhares de encontros que aconteciam nas casas, nos clu-

---

9 No dia 11 de outubro de 1936, os jornais publicaram em suas páginas principais o apelo dos reis Abdul-Aziz Assaud e Gazi Ibn-Faissal e do príncipe Abdullah, dirigido ao povo palestino pela Alta Comissão Árabe, que dizia: "Sentimos profundamente o que está acontecendo na Palestina; por isso, nós, ao lado de nossos irmãos, os reis árabes e o príncipe Abdullah, pedimos que se acalmem, para evitar mais derramamento de sangue, confiando na boa vontade de nosso amigo, o governo britânico, e em seu desejo expresso de promover a justiça. Tenham, pois, nossa palavra de que não vamos parar os esforços para auxiliá-los". Esse apelo foi anexado a uma declaração da Alta Comissão, liderada pelo Hajj Amin Alhussaini, na qual se lia: "A Alta Comissão Árabe, atendendo ao desejo de Suas Majestades e de Sua Alteza e convencida do grande benefício resultante de sua mediação e de seu apoio, pede ao honrado povo palestino que acabe com a greve e acalme as tensões, atendendo ao alto-comando, que não nutre outra intenção senão o interesse dos árabes". (N. A.)

bes, nos centros culturais e esportivos, nas escolas, na praia, nos vales e nas montanhas ao longo das noites frias do inverno.

O reverendo Said contemplou aquela algazarra que dominou a reunião, como se nunca tivesse acontecido antes, e percebeu que a revolução uniu aqueles que jamais se uniriam. Então se perguntou com tristeza o que poderia unir todas aquelas pessoas depois que a revolta se acalmou.

Quando Said percebeu que alguns já estavam querendo se levantar e ir embora, e teria que dar por encerrada a reunião, disse:

—Vamos ouvir a opinião do reverendo Hanna, pois creio que ele ouviu o suficiente de nossas opiniões, de forma que temos o direito de ouvir o que ele tem a dizer.

O reverendo Hanna se ajeitou em seu lugar, depois disse:

— Não sei, talvez seja melhor para vocês e para mim que eu saia sem dizer nada, da mesma forma que fiquei sentado sem dizer nada, pois o que tenho a dizer não agradaria a ninguém, é algo que me preocupa muito.

Sua fala era como um badalo de sino. Todos pararam, calaram-se e depois algumas vozes disseram:

— Queremos saber o que está pensando.

O reverendo Hanna se calou por alguns instantes, e a sala parecia vazia de tanto silêncio.

— Meu coração me diz que esta revolução não aconteceu de uma hora para outra, mas foi preparada por nosso povo há muito tempo. Quer vocês percebam ou não, ela foi gestada ao longo de anos, como a semente que você cuida dia após dia para que se torne uma árvore. Você a observa crescer, mas não consegue ver com exatidão como ela cresce; porém, quando fica carregada com os primeiros frutos, você nunca mais esquece aquele instante. Foi isso que aconteceu com a revolução, ela foi plantada como uma semente no coração de todos e cresceu com uma pequena revolta aqui, outra acolá, em uma barreira, ou em um posto policial, por causa do enforcamento de alguém que foi pego com uma faca, uma bala ou um panfleto, ou porque derrubaram a casa de alguém por ser de um insurgente ou por abrigar um... Afinal, depois de tudo isso, haveria de ter um fruto, e este fruto foi a revolução.

— O senhor começou sua fala desse jeito porque tem mais a dizer.

— É verdade, o que eu disse é apenas uma introdução — calou-se por um instante e depois prosseguiu: — Quantos anos teremos que esperar por outra semente? Quantos incidentes, quantos mártires, quantas casas implodidas, quantos pescoços quebrados, quantas ondas de imigrantes teremos que esperar para nos rebelarmos outra vez? Desculpem-me dizer a vocês que esta rebelião era a única chance da Palestina de se libertar agora e nós a desperdiçamos, a ponto de eu ficar repetindo a mim mesmo: "Será que perdemos a Palestina ao perder esta revolução, confiando nas promessas dos ingleses e dos líderes árabes, cujos países são colonizados pelos ingleses?". Aqueles líderes que, se tivessem a liberdade de cumprir com uma promessa, as teriam feito para que seus povos se libertassem dos ingleses, e não para jogar água no fogo de nossa revolução, que os ingleses não conseguiram apagar com seu fogo.

De novo, calou-se, antes de se virar para o reverendo Said e dizer:

— Que Deus me perdoe, o reverendo sempre repetiu o dito de Cristo, que a paz esteja com ele, "água e fogo não ficam na mesma vasilha", e isso é verdade, sem dúvida, mas o fogo dos ingleses se uniu à água dos líderes árabes e, se um milagre como esse aconteceu, de juntar água e fogo de dois inimigos, então teremos que temer muito os ventos que sopram do futuro.

Quando começaram a se retirar, um vento forte os recebeu naquele lugar alto, aberto; alguns sentiram que era o mesmo vento de que falava o reverendo Hanna.

A VOLTA DO FANTASMA

Um longo tempo se passou depois que Karima ouvira aquela fala de quinta-feira, que não a deixou otimista. Nas semanas seguintes, ela fitava, aflita, o rosto das pessoas, esperando pelo instante decisivo que certamente estamparia a verdade em seu semblante de forma mais nítida.[10] Às vezes, ela via as coisas de um jeito melhor do que o pessimismo que guardava para si; pensava que, se não permitisse que tomasse conta dela, ele não teria lugar lá fora, mas sua intuição de fotógrafa a deixava muito preocupada.

— Ninguém consegue ver o que acontece dentro das pessoas mais do que o fotógrafo, apesar de captar apenas sua aparência — disse ao pai.

O reverendo Said olhou para ela: parecia satisfeito com aquela sabedoria que nasceu da experiência da filha.

---

10 A Associação dos Trabalhadores Árabes em Yafa, presidida por Michel Mitri, e que colaborava muito com o Movimento Nacional, emitiu uma nota em que dizia: "A suspensão da greve não quer dizer nossa rendição ao poder arrogante e opressor [...] apelamos a vocês que façam seus trabalhos normalmente, pois a vontade de Suas Majestades é sagrada [...] Mas daremos hoje ao governo inglês a oportunidade de corrigir suas políticas equivocadas [...] Estejam preparados porém para atender, a qualquer momento, ao chamado da amada Palestina". (N. A.)

— O que me desconcerta é que todas as minhas tentativas de colorir as fotografias falharam, sempre o resultado é em preto e branco.

O reverendo Said contemplou o jardim de sua casa; a vida estava renascendo no final de março, a grama tenra, as anêmonas, os crisântemos começavam a se abrir, e imaginou ter sentido o cheiro de zaatar.

— Mas você pinta as fotografias, e todos admitem que conseguiu um bom resultado.

— O problema é que nós sabemos o que há embaixo das cores, talvez possamos enganar aqueles que não viram a fotografia antes, mas, se a pessoa a viu, e, ainda mais, se foi você quem a fotografou, sabe que todas as suas cores são infames.

— Mas, pelo que entendi, as pessoas estão encantadas com suas fotografias coloridas.

Ele disse isso como uma tentativa de sinalizar que não sabia ao certo o que ela queria dizer. Tudo o que ele desejava, com sinceridade, era fazê-la falar mais.

— É verdade, talvez desejassem ser pintados por pintores, só isso. Sabe, meu pai? Tudo o que quero é viver até um tempo em que os filmes das câmeras sejam coloridos e elas sejam capazes de captar as cores como são, sem interferência manual do fotógrafo. O senhor acha que é possível? Apenas isso traria um fim às minhas perguntas.

Antes de ele responder, Karima tossiu. Ele sentiu o peito se abrir.

Esperou um pouco, temendo que ela tossisse de novo. Karima percebeu.

— Dizem que gato escaldado tem medo de água quente, mas não fique com medo. Acho que é apenas um resfriado, ou talvez o resultado de eu ficar inalando os produtos de revelação das fotografias.

No entanto, ele não sossegou, relembrando a tosse de sua esposa e a de Karim. O que o desconcertou foi não ter chegado a se lembrar da tosse de Katarina, aquela tosse que ainda comprimia seu coração com o fantasma da morte. O reverendo queria acreditar no que Karima disse sobre sua tosse. Era melhor que fosse verdade.

— Acho que você deveria ficar longe dos estúdios de revelação um tempo. Sei que estou lhe pedindo muito, mas talvez devesse ficar longe do trabalho também. Tire férias, vá para Damasco, Beirute ou para o Egito.

— Não se preocupe, pai. Se me ouvir tossir de novo, seguirei seu conselho, mas agora voltemos ao nosso assunto.

— Que assunto?

— As fotografias coloridas. O senhor acha que vamos ter filmes coloridos ou câmeras que colorem as fotografias, para que isso deixe de ser tão trabalhoso?

Em outubro de 1939, os jornais começaram a noticiar um filme que mudaria a cara do cinema para sempre: ...*E o vento levou*, baseado em um romance de Margaret Mitchell. Pouco tempo depois, chegou a notícia mais excitante: era um filme longo, colorido, e seria exibido em dezembro daquele ano.

Ninguém acreditou que o filme era colorido, pois, se as fotografias paradas precisavam de muito esforço para colorir, imagine um filme em movimento!

A cabeça de Karima ficou inquieta, mesmo sabendo que já havia filmes coloridos produzidos antes dessa data.

As pessoas aguardaram a exibição do filme, ansiosas, e quando foi anunciado que seria exibido no Cine Alhamra, em Yafa, os ingressos se esgotaram por um mês.

Não foi difícil para Karima conseguir entradas. Avisou o reverendo, Katarina e Lídia para que se preparassem para a melhor viagem da vida deles.

O reverendo Said fazia questão de não negar nenhum pedido de suas filhas, e elas eram tudo o que ele tinha — já que uma das mãos de Mansur segurava o tronco da árvore da vida, enquanto a outra permanecia cativa do punho do anjo da morte. Ele aceitou o convite, mas Katarina não iria, pois se sentia muito cansada, doente, e não levaria sua doença a uma sala de exibição — seria como alguém com uma metralhadora atirando nos presentes.

Karima disse que estava ciente disso, portanto trouxera máscaras especiais; com isso, sua presença seria segura.

Katarina, porém, insistiu dizendo:

— Vão vocês e não pensem em mim, pois, como veem, estou bem faz semanas, e melhor não arriscar com viagens longas.

Karima olhou para o pai, que estava calado, e entendeu que ele não queria que ela fosse, senão teria insistido com ela.

No caminho para Yafa, Samir era o mais alegre de todos, pois a conversa que escutara dos grandes prometia algo incomum. Quando chegaram e ele viu centenas de pessoas na frente do cinema esperando para entrar, entendeu que o que levava todos esses adultos a quererem assistir ao filme só podia ser algo excitante para as crianças.

Antes de apagarem a luz, o coração do reverendo despencou do peito: ele escutou a mesma tosse, virou a cabeça e viu Karima sorrindo para ele, em uma tentativa de lhe assegurar que a tosse não era dela. No entanto, ele tinha certeza do contrário. Said estava sentado entre Karima e Lídia; por isso não conseguiu distinguir exatamente de onde viera a tosse. Apagaram-se as luzes. Karima calou uma tosse que vinha cortando o caminho pelo peito. Naquele instante, o reverendo teve certeza de que fora Karima quem tossira.

— Eu lhe disse para não se preocupar. Se eu tusso por causa dos produtos de revelar fotografias, como não vou tossir em uma sala que tem um longo filme colorido?

Sua piada não conseguiu desenhar sequer a sombra de um sorriso nos lábios do reverendo. Quando saíram da sala, ele percebeu que não assistira ao filme, pois só tinha tido atenção para a tosse da filha.

No caminho, Lídia lhe perguntou o que achara do filme e ele disse que não o tinha visto.

O carro abria caminho de volta na escuridão da noite em direção a Belém.

Foi estranho Karima ter ficado calada. Estava com medo de tossir. Pediu a Lídia que abrisse a janela de trás um pouco para o ar entrar, apesar do tempo frio, com a intenção de diminuir o perigo da tosse, caso se repetisse.

Logo que chegaram à cidade de Arramle, Karima começou a tossir e com força.

O reverendo lhe pediu que parasse o carro, e ela respondeu que era difícil parar ali e que não havia motivo para se preocupar, e que era melhor se apressarem.

Pressentimentos sombrios ocupavam o coração do reverendo Said e, no escuro do banco traseiro, Lídia abraçava Samir apavorada, pois conhecia bem essa tosse, sua trajetória, como se instalava no peito e como apavorava quem a escutava.

O reverendo Said tentava afastar os maus pensamentos, apegando-se à experiência de Katarina, pois ela tossia havia tempos, mas continuava bem, viva. Então ele se lembrou de que sua esposa pegou a doença depois de Katarina, mas partiu antes, além do fato de Katarina ter se tornado cativa de sua doença.

Quando chegaram a Belém, o reverendo pediu a Karima que o deixasse ao lado da igreja.

Karima não se opôs. Sentiu que precisava das orações do pai mais do que em qualquer outro momento.

O FOTÓGRAFO FANTASMA

Às três da madrugada, o fotógrafo Moshe Nordo escutou batidas fortes na porta de sua casa. Ficou perplexo e precisou de um tempo para entender o que estava acontecendo. As batidas ficaram mais fortes. O homem correu até sua espingarda, apoiada no canto do quarto, engatilhou-a e sussurrou:
— Quem é?
Tinha certeza de que não teria uma resposta, porque eram os árabes que estavam lá fora e vieram para atacá-lo!
Sua esposa e seus filhos, Naum e Helman, acordaram. Com o polegar em riste e junto aos lábios, Moshe fez sinal para que se calassem.
Chegou mais perto da porta e sussurrou novamente:
— Quem é?
— Sou eu, Levi, abra a porta!
Levi era quem tirava as fotografias e as entregava a Moshe, para que ele escolhesse as que quisesse e mandasse para os novos endereços de suas correspondências em Londres, Vilnius, Moscou e outras localidades, desde a irrupção da Segunda Guerra Mundial.
Moshe havia se transformado em uma agência fotográfica de notícias graças ao fotógrafo fantasma, Levi.

— Não podia bater sem fazer tanto barulho a esta hora da noite? Você nos assustou — disse Moshe, enquanto o levava para longe da porta.

— Eles queriam contatá-lo diretamente, mas me voluntariei para vir, você sabe o motivo.

— Eles quem?

— Eles, Moshe, eles... há outros? O comando.

Estava frio lá fora e o cheiro da chuva, que se misturava ao cheiro da grama e das flores, ainda era perceptível no ar de abril. Mas nada disso dispersava o medo de Moshe.

Foram caminhando até que chegaram às divisas do assentamento. Levi escolheu uma rocha que dava para o vale e se sentou. Moshe entendeu que também deveria se sentar.

A luz do poste elétrico ao lado fazia da noite um dia.

— Por que devemos nos sentar aqui, já que você é o mensageiro do comando? Poderíamos ter ficado em casa.

— Não queria incomodar sua família; além disso, trata-se de uma conversa que não deve ser ouvida por mais ninguém.

Moshe estava prestes a perguntar a que conversa se referia, mas a mão de Levi foi mais rápida e tirou um jornal da sacola que carregava. Moshe avistou a câmera, a mesma câmera, a dele, que trocou com Levi por um rifle.

— O que está acontecendo? — perguntou Moshe. — Não me diga que você veio até aqui a esta hora, e a pedido do comando, para me mostrar um jornal árabe...

Levi abriu o jornal diante de Moshe e, sem preâmbulos, disse com muita raiva:

— Uma fotógrafa palestina me derrotou, quer dizer, derrotou você... nos derrotou!

Não foi difícil para Moshe, que teve na câmera seu primeiro amor, entender o que acabara de ouvir. Ele leu a matéria, pois descobrira que tinha outro talento: além de dominar seu rifle, dominava bem a língua árabe. As fotografias estavam claras, eram as dele, as fotografias que foram enviadas para Londres havia meses. Mas não eram as mesmas, porque essas estavam repletas de pessoas.

— Espero que não tenha errado e enviado essas fotos sem meu conhecimento!

— Moshe, você não está entendendo, essas não são nossas, essas foram tiradas por uma fotógrafa árabe.

— Fotógrafa?! Árabe?!

— Pois é, fotógrafa e árabe. E ela publicou as fotos para provar que as nossas são mentirosas e que as casas que fotografamos têm proprietários árabes e são habitadas por árabes, está entendendo?

— E por que está com medo? — perguntou Moshe. — Afinal, elas estão publicadas em um jornal árabe, lido apenas por árabes.[11]

— Moshe, temos que ficar com medo de qualquer coisa que é publicada, seja em que língua for. Uma vez publicada, não pode ser apagada, nem se pode evitar sua propagação. Há muita gente que não nos apoia, entre os ingleses mesmo, os americanos, até os alemães, em Haifa, em Tabariya e em Jerusalém; alguns chegaram antes de mim e de você, enquanto a guerra ainda ardia

---

[11] As fotos só foram publicadas três anos depois de tiradas, quando o jornalista Najib Nassar foi apresentado a elas e soube de sua história. (N. A.)

lá, e eles sabem que o que acontece aqui, sejam incêndios ou a destruição de propriedades, somos nós que fazemos, nos vingando do que aconteceu conosco lá nas mãos deles.

— O que devo fazer? As fotografias foram publicadas.

— Isso vai me prejudicar, quer dizer, prejudicar você, prejudicar a nós, porque desmente nossas fotografias. Outros jornais podem republicá-las, e vamos ficar em apuros. Nós mentimos.

— Levi, resuma o que o comando quer de mim! Você não veio aqui no meio da noite para me falar de seus receios.

— É verdade.

— Estou ouvindo.

— Você trocou sua câmera pelo rifle, e eu fui leal a ela e cuidei de cada fotografia tirada, mas chegou a hora de o rifle que depositei em suas mãos ser fiel a esta câmera; agora, mais que nunca.

— O que quer dizer?

— Quero dizer: me livre dela, se livre dela, nos livre dela... da fotógrafa, para sempre. Não há como essas fotografias ficarem do lado das nossas, nem aqui nem em nenhum outro lugar.

— Entendi. Você sabe onde ela mora?

— O comando nos forneceu todas as informações, e eu as verifiquei pessoalmente.

— Fique tranquilo. Ela não vai incomodá-lo de novo, digo, me incomodar; quer dizer, nos incomodar — garantiu Moshe, sorrindo como se já tivesse cumprido sua missão e voltado para informar Levi de seu êxito.

O silêncio reinou novamente. Ouviram o canto de um rouxinol e o perfume das flores ficou mais forte.

—Você conhece este cheiro? Digo, sabe de que flor é? — Levi perguntou, agora que se acalmara.

Moshe respirou fundo, permaneceu calado por um instante e depois perguntou:

— É um teste? Não, não sei. Você sabe?

— Não, não sei — retrucou Levi, rindo.

TODAS AS PROVAS

"A morte manda suas mensagens e nós as recebemos, ora com a velocidade de um avião, ora com a de um navio; outras vezes com a velocidade de um pombo-correio, outras, ainda, de um cavalo. De súbito, arranca de nosso colo quem ela bem desejar e às vezes leva outros aos poucos, devagar. Nos dois casos, nada podemos fazer...
Ela vence quando nos surpreende e vence quando nos avisa. Às vezes, sabemos o que fazer, recorremos ao remédio, outras vezes, nos alojamos na fortaleza da fé, no que nos resta; mesmo assim, ela vence...
Ela vence quando estamos com a saúde perfeita ou enfermos. Às vezes, quando pequenos como anjos, outras vezes, grandes, tocados pelo pecado, ou cobertos pela fé...
Mas a morte continua sendo a morte, e ela sempre vence."
O reverendo Said sussurrava ao lado do leito de Karima, sem saber bem se lamentava, rezava ou refletia... ou tudo junto.

A saúde de Karima, e também a de Katarina, foi enfraquecendo rapidamente por entre os braços carinhosos que as cercavam e as acolhiam.

Karima pediu a seu pai que lhe trouxesse todas as fotografias que tirou das estações ao longo daquele ano, do mesmo lugar, na mesma hora, todos os meses.

Ela viu o mundo nascer, crescer, se abater, cair, morrer e depois renascer... Sua tosse só aumentou desde a noite em que foram assistir ao filme *...E o vento levou*. Mas ela não foi levada de súbito pelo vento, teve a chance de se despedir de todos com calma. No entanto, o título do filme persistia, presente enquanto ela se distanciava mais e mais; toda vez que se apalpava, percebia que seu corpo ficara menor. Seu pai ficou menor, sua mãe, Lídia, Katarina, Najib, Karim, Mansur e seu filho Samir, todos, os vivos e os mortos... e os que estavam entre eles ficaram menores.

Ela se apoiou no ombro do pai, que insistiu com ela para sair e respirar um pouco de ar fresco. Ele a ajudou a chegar até o limite da varanda, que ficava de frente, no segundo andar e dava para o jardim. Parou ali, com dificuldade, olhou as flores, a grama, a amendoeira em flor, as laranjeiras e os limoeiros, as oliveiras, e desejou ser uma árvore, e que o que estivesse acontecendo a ela fosse algo que acontecia todo ano: as folhas secas caem para, em poucos meses, renascer verdes. Sim, em poucos meses se comparadas com o ciclo humano.

Karima inspirou bastante ar, mesmo sabendo que só precisava de pouco, pois seus pulmões estavam fechados havia muito tempo com o pó deixado pelas asas do anjo da morte que batiam perto de seu leito e em torno dela. Ela o sentia, segurava-se na cama ou no ombro do pai, em Lídia e no amor de seu filho. Apegava-se à lembrança de sua primeira fotografia, da última, de sua alegria quando viu publicadas as fotografias que eram sua resposta às fotografias mentirosas de uma cidade sem habitantes, de quartos, camas e cadeiras sem risos nem lágrimas, nem esperança, nem alegria.

Naquela manhã, sentiu que uma das asas da morte grudara em seus lábios e nariz, como uma teia de aranha sobre o rosto. Ela tentou tirá-la, mas os fios invisíveis grudaram em seus dedos, em seus sentidos.

Apenas o aroma forte do zaatar conseguiu furar todos os bloqueios e chegar a ela; foi quando perguntou ao pai:

— Está sentindo cheiro de zaatar?

O reverendo respirou fundo e devolveu a pergunta:

— Você está sentindo? Desde o início da primavera eu dizia a mim mesmo que estava ali, mas ninguém acreditava!

— Pois é, pai, é como se eu começasse a sentir muitos cheiros agora, como se o zaatar tivesse aberto meu peito para todos os aromas.

Uma única ideia girava na cabeça do reverendo Said, e ele decidiu finalmente pô-la em prática. Disse a Karima, bem perto do ouvido:

— Já que o aroma do zaatar abriu seus pulmões, que tal brincarmos daquele joguinho antigo?

— De adivinhar que flor é, só pelo cheiro, de olhos fechados?

Karima abanou a cabeça com a inocência de uma criança, como se não tivesse quarenta e sete anos.

De longe, Moshe observava a casa do reverendo, de trás de uma grande rocha a leste da casa, e sussurrava a Levi:

— Tem certeza de que é ela?

— Me dê o binóculo para eu me certificar.

Logo depois, ele disse:

— É ela, já vi uma fotografia dela. Só pode ser ela. Naquele momento, Moshe engatilhou o rifle, apontou como o atirador profissional que era na direção do sótão da casa, mas não havia ninguém lá.

— Aonde foram?

Levi voltou ao binóculo, olhou através dele e não viu ninguém.

— Ela vai aparecer de novo — disse Moshe. — Além do mais, a decisão já está tomada e ninguém se salvaria, muito menos uma fotógrafa como esta.

A casa situada naquela altura, que recebia os ventos de todas as estações, fazia de seu enorme jardim uma pequena planície coberta por flores silvestres miúdas, cujas sementes eram trazidas pelos ventos e depositadas ali para germinarem e se multiplicarem. Isso encantava o reverendo Said e a todos, além dos ventos, que lhe faziam visitas.

— Jasmim — disse Karima com os olhos fechados, tendo a flor diante do nariz.

O reverendo Said riu e desafiou:

— Vamos ver quantos cheiros em dez você acerta.

— Dez?! Não dificulte as coisas para mim.

— Tenho certeza de que vai superar a marca que atingiu quando criança.

— Cravo! Você está facilitando as coisas para mim — Karima disse, rindo.

— Vamos dificultar, então. Sente-se aqui, porque as perguntas difíceis vão começar.

Ajudou-a a se sentar no banco de que ela gostava, onde se acomodava sempre para ler, e de onde assistira aos primeiros passos de seu menino. Ela ficou com o coração apertado. Aquele momento foi o mais bonito de toda a sua vida, a não ser pelo instante em que descobrira que a câmera trazida para casa não pertencia a um fotógrafo que a esqueceu, mas era dela, só dela.
Sentiu os passos do pai se aproximando, mas não conseguiu sentir o cheiro de nenhuma flor ou planta em suas mãos. Talvez ele estivesse ainda longe. Talvez os muros altos do jardim estivessem impedindo o ar de chegar até ela, carregando a sombra daquele aroma.

— Funcho! Esse foi fácil. O senhor continua trapaceando.

— Não, é margarida...

— Impossível — retrucou Karima antes de abrir os olhos e ver a margarida em sua mão direita. Ela riu: — Está trapaceando!

— Você é engraçada, diz que trapaceio quando a ajudo e quando não!

— Vamos continuar.

— Com a condição de que *você* não trapaceie, feche bem os olhos!

Era cravo, era pinha, era narciso, era lírio, era açucena, era camomila... e ela ria, ria e repetia:

— Ganhei, ganhei!

E quando ele voltou, trazendo manjericão, aproximou-o do nariz de Karima sabendo que estava facilitando para ela ganhar, pois quem na Palestina era capaz de errar esse aroma? Mas ela não disse nada.

— Não me diga que não conhece esta planta. Esta é a mais difícil!

Karima não se mexeu, não riu, nada disse, porque o cheiro não chegou a seus pulmões.

Foi triste o cortejo fúnebre da casa até o cemitério; triste e longo, apesar da distância curta.

A câmera estava a seu lado no caixão aberto, como ela pedira um dia, sussurrando no ouvido de Lídia: "Quero que esteja a meu lado até no túmulo, mas não a enterrem comigo, só quero que ela veja todas as coisas que eu não poderei mais ver".

Naquela tarde, Katarina decidiu sair de casa usando uma das máscaras que Karima havia lhe trazido para que pudesse ir com eles assistir ao filme ...*E o vento levou*. Caminhou atrás do caixão, sem saber se estava caminhando no cortejo de sua irmã ou no seu.

Ao longe, uma sombra sussurrava a outra, tendo o caixão na mira da primeira sombra:
— Tem certeza de que foi ela quem morreu?
— Sim, como estou olhando para você agora.
— Certeza absoluta? Estou convencido de que ela nos enganou, de que está nos enganando.
— Por que diz isso, sabendo que ela não está mais neste mundo?
— ...
— ...?
— ... ...

AGRADECIMENTOS

Agradeço ao reverendo Mitre Arrahib, ao fotógrafo e pesquisador Muhammad Hannun e ao dr. Johnny Mansur.

Este livro foi traduzido com o apoio do Sharjah International Book Fair Translation Grant Fund

منحة الترجمة
Translation Grant
صندوق منحة الشارقة للترجمة
Sharjah Translation Grant Fund

Dados Internacionais de Catalogação na Publicação (CIP)

N269b

Nasrallah, Ibrahim, 1954-
Biografia de um olho / Ibrahim Nasrallah ; tradutora: Safa Jubran. – 1. ed. – Rio de Janeiro : Tabla, 2024.
164 p. ; 21 cm.

Tradução de: Sirat áin.
ISBN 978-65-86824-72-8

1. Ficção árabe. 2. Fotógrafas – Palestina – Biografia – Ficção. 3. Abbud, Karima, 1893-1940. I. Jubran, Safa. II. Título.

CDD 892.73

Roberta Maria de O. V. da Costa – Bibliotecária CRB-7 5587

Título original
سيرة عين / Sirat áin

© Ibrahim Nasrallah

Os direitos da edição brasileira foram acordados
com a editora libanesa Arab Scientific Publishers.

EDIÇÃO
Laura Di Pietro

PREPARAÇÃO
Silvia Massimini Felix

REVISÃO
Clara Baldrati
Gabrielly Alice da Silva

PROJETO GRÁFICO E DIAGRAMAÇÃO
Cristina Gu

IMAGEM DA CAPA
A partir de postal de Karima Abbud, c. 1920

TRATAMENTO DE IMAGEM
Breno Rotatori

[2024]

Todos os direitos desta edição reservados à
EDITORA ROÇA NOVA LTDA.
+55 21 99786 0747
editora@editoratabla.com.br
www.editoratabla.com.br

Este livro foi composto em Plantin Pro e Roc Grotesk, e impresso em papel Pólen Bold 90 g/m² pela gráfica Exklusiva em março de 2024.